人生
文丛　林贤治
　　　　主编

坦荡人生

瞿秋白

著

SPM
南方传媒　花城出版社

中国·广州

图书在版编目（CIP）数据

坦荡人生 / 瞿秋白著. -- 广州 ： 花城出版社，
2024.1
（人生文丛 / 林贤治主编）
ISBN 978-7-5360-9457-4

Ⅰ．①坦… Ⅱ．①瞿… Ⅲ．①散文集－中国－现代
Ⅳ．①I266

中国版本图书馆CIP数据核字(2022)第028960号

出 版 人：张 懿
特邀编辑：余红梅
项目统筹：揭莉琳　邹蔚昀
责任编辑：梁宝星　揭莉琳
责任校对：李道学
技术编辑：凌春梅
封面绘图：老 树
装帧设计：姚 敏

书　　名	坦荡人生 TANDANG RENSHENG	
出版发行	花城出版社 （广州市环市东路水荫路 11 号）	
经　　销	全国新华书店	
印　　刷	佛山市迎高彩印有限公司 （佛山市顺德区陈村镇广隆工业区兴业七路 9 号）	
开　　本	880 毫米 × 1230 毫米　32 开	
印　　张	7.25　2 插页	
字　　数	138,000 字	
版　　次	2024 年 1 月第 1 版　2024 年 1 月第 1 次印刷	
定　　价	46.00 元	

如发现印装质量问题，请直接与印刷厂联系调换。
购书热线：020-37604658　37602954
花城出版社网站：http://www.fcph.com.cn

人生
文丛 | 看纷纭世态
读各色人生

写在"人生文丛"新版之前

20世纪90年代初，受出版社之邀，编选了"人生文丛"，计二十种。恰逢第四届全国书市在广州举办，这套丛书成了场上的"骄子"，被评为"十大畅销书"之一。此后一段时间，一版再版，受欢迎的程度超乎出版人的预想。其时，坊间腾起一股"散文热"。若果"人生文丛"算不上引燃物的话，至少，它提供的柴薪是增添了不少热量的。

五四开启了一个时代，星汉灿烂，人才辈出。新文学第一代作家的坚实的创作实践，奠定了"艺术为人生"的原则，影响至为深远。"人生文丛"乃从五四后三十年间，遴选有代表性的二十位作家的非虚构作品，也即我们惯称的散文，自然是广义的散文，除了一般的叙事之作，还包括演讲稿，以及带有隐私性质的日记、书信等。这些文字，烙上作者各自的人生印记，不同的思想和艺术个性，真诚、真实、真切，俾普通读者——英国作家伍尔夫郑重地使用了这个词，以它为一本文学评论集命名——借由文学更好地体察社会，思考人生，并从中获得美学的熏陶。

文丛初版时，编者分别使用了一个虚拟的"何氏家族"成员的代名。此次重版，恢复了编者的本名。

由于版权变易，初版时的林语堂、巴金已为丁玲、萧红所代替。单从人生富含的文化价值看，后者的意蕴恐怕更深。同样出于版权关系，未予收入张爱玲，这是可遗憾的。无论读文学，读人生，张爱玲都是不容忽略的。

新版"人生文丛"，对胡适、郭沫若、冰心、丰子恺等作家，各有篇幅不等的增订。私心里，总是期望选本能够尽善尽美，以贡献于广大读者之前，虽然自知这是很艰难的事。

编者

2023年6月

编辑者说

千古文章未尽才。

瞿秋白过早地逝世，不但使中国革命失去了一位卓越的领袖人物，同时，也使中国文坛失去了一位优秀的翻译家、评论家和散文作家。为此，鲁迅曾经痛惜道："这在文化上的损失，真是无可比喻。"

1899年1月，瞿秋白出生于江苏常州一个破落的官宦家庭。他的父亲长期离乡在外，教书糊口，家里唯靠母亲艰难操持。这是一位善良贤惠且有相当文化教养的妇女，通文史诗词，瞿秋白从小便接受她的影响。3岁入私塾，7岁入小学，11岁考入常州府中学堂，成绩优异。因经济窘迫，曾一度辍学。就在失学的这一年冬天，母亲吞服药酒和火柴头自杀亡故。从此，一家星散，东西飘零。后来，他也就辗转到了古都北京。

初在北京大学旁听，半年后入俄文专修馆，一面攻读俄语，一面研究哲学。五四运动时，瞿秋白被推选为出席北京市学生代表大会的代表，参加反对卖国政府的请愿斗争。先后与郑振铎等人创办《新社会》《人道》等杂志，提倡新文化，宣传新思想。1920年秋，应《晨报》聘请，以驻俄特派员身份，抱着"宁死亦当一行"的追求真理的决心，动身前往"赤都"莫斯科。在苏联期间，任东方大学中国班的助教和翻译。1922年初，在莫斯科加入中国共产党。同年底，离苏返国，不久南下上海。"五卅"运动前后，除担任党中央的工作以外，曾编辑《热血日报》等多种报刊，积极撰文，宣传革命。1927年党的"八七"紧急会议后，主持政治局工作。次年出国，参加中国共产党第六次全国代表大会，会后留在苏联，担任中国共产党驻共产国际代表。1930年夏回国，在六届四中全会上，被把持中央权力的领导者指责为犯了"调和路线错误"，备受打击。在上海养病期间，参加并领导了左翼文化运动，特别在文艺方面做出了重要的贡献。

1934年2月，赴中央革命根据地，致力于根据地的文化教育建设事业。10月，中央红军主力开始长征。其时，瞿秋白留瑞金任中央局宣传部部长，坚持游击战争；后随红军二十四师转移，不幸被俘。1935年6月18日，英勇牺牲于福建长汀，终年36岁。

在文学上，瞿秋白有着多方面的创作才能，尤以散文为突出。早年赴苏期间，写成《饿乡纪程》和《赤都心史》两部集子。既记路程，亦作心史；既写见闻，亦有感兴；既备事实，亦加评论：就体制而言，散文、诗歌、游记、逸事、随笔、小品，总束于此，竟无错杂之感，却十分谐美地铿锵递转，激扬沉抑在心灵的圣钟之中。

这些作品，明显地带有一种理想主义的热烈色彩，充溢着作者对新鲜事物的敏感和热情。以后则转入文艺杂感为多，鲜明、尖锐、机智、泼辣，加强了文章的讽刺性和战斗性。作者是对鲁迅杂感的艺术价值和社会价值第一个做出充分肯定的人，作为鲁迅"一知己"，同时也是一个"鲁迅风"的杂文作家。杂文形式在他手里，被运用得十分灵活而纯熟。其中，有政论式的，如《狗样的英雄》；有短评式的，如《哑巴文学》《关于女人》；有记叙性的，如《赤俄之归途》；有抒情性的，如《一种云》《暴风雨之前》等。有的做寓言式，如《非洲鬼话》；有的纯属随笔，如《苦力的翻译》；有的是书评，如《满洲的〈毁灭〉》《〈子夜〉和国货年》；有的做经传体，如《迎头经》，或做杂剧式，如《曲的解放》；有的甚至是一回平话式小说，如《猪八戒》，或是打油诗，如《向光明》。如果说早期有些作品尚显直白了一些，那么，后来的杂感则注意讲求变化，但是，明白晓畅却是前后一贯的风格。鲁迅在激赏之余，也曾指出欠含蓄的缺点。不过，这也多少反映了他们之间就文学语言的观念，以及气质特点、审美趣味诸方面的相异之处。

其在狱中写作的《多余的话》，是一部闪耀着清醒的现实主义光辉的散文作品。在这里，瞿秋白对自己的经历做了最后一次回顾，严格到近于无情地剖析了自己的思想，坦率地承认了其中的许多非无产阶级意识，并对它的危害性和产生的根源，做了深入的揭露；从而，站在宇宙观和人生观的高度，审视自己的一生。可是，这种回顾，却又使他不得不陷入某种迷惘、灰暗的情绪之中。这是应该加以指出，并可以从他所处的时代的历史局限性，以及世界观自身的矛盾性获得说明的。今特附陈铁健先生的文章于后，俾使读者更好地理解、鉴赏这一名篇。

目 录

第一辑
雪的憧憬

第二辑

火的叫啸

第三辑

海的情怀

第四辑

光的礼赞

雪的憧憬

满目雪色长林，欣欣然迎我这万里羁客。苍苍的暮霭，渐渐地漫天掩地地下罩，东方故国送别的情意，涌出一丸冷月安慰我的回望。

饿乡纪程（节选）

——新俄国游记

绪 言

阴沉沉，黑魆魆，寒风刺骨，腥秽污湿的所在，我有生以来，没见一点半点阳光，——我直到如今还不知道阳光是什么样的东西，——我在这样的地方，视觉本能几乎消失了；那里虽有香甜的食物、轻软的被褥，也只值得昏昏醋睡，醒来黑地里摸索着吃喝罢了。苦呢，说不得，乐呢，我向来不曾觉得，依恋着难舍难离，固然不必，赶快地挣扎着起来，可是又往哪里去好呢？——我不依恋，我也不决然舍离……然而心上究竟是个什么样的滋味呵！这才明白了！我住在这里我应当受，我该当。我虽然明白，我虽然知道，我"心头的奇异古怪的滋味"我总说不出来。"他"使我醒，他是一个不可思议的谜儿，他变成了一个"阴影"朝朝暮暮地守着我。我片刻不舍他，他片刻不舍我。这个阴影呵！他总在我眼前晃着——似乎要引起我的视觉。我眼睛早已花了，晕了，我何尝看得清楚。我知我们黑甜乡里的同伴，他们或者和我一样。他们的眼前也许有这同样的"阴影"。我问我的同伴，我希望他们给我解释。谁知道他们不睬我，不理我。我是可怜的人儿。他们呢，——或者和我一样，或者自以为很有幸福呢。只剩得和我同病相怜的人呵，苦得很哩！——我怎忍抛弃他们。我眼前的"阴影"不容我留恋，我又怎得不决然舍离此地。

同伴们，我亲爱的同伴们呵！请等着，不要慌。阴沉沉、黑魆魆的天地间，忽然放出一线微细的光明来了。同伴们，请等着。这就是所谓阳光，——来了。我们所看见的虽只一线，我想他必渐渐地发扬，快照遍我们的同胞，我们的兄弟。请等着罢。

唉！怎么等了许久，还只有这微微细细的一线光明，——空教我们看着眼眩——摇荡恍惚熹微一缕呢？难道他不愿意来，抑或是我们自己挡着他？我们久久成了半盲的人，虽有光明也领受不着？兄弟们，预备着。倘若你们不因为久处黑暗，怕他眩眼，我去拨开重障，放他进来。兄弟们应当明白了，尽等着是不中用的，须得自己动手。怎么样？难道你们以为我自己说，眼前有个"阴影"，见神见鬼似的，好像是一个疯子，——因此你们竟不信我么？唉！那"阴影"鬼使神差地指使着我，那"阴影"在前面引着我。他引着我，他亦是为你们呵！

灿烂庄严，光明鲜艳，向来没有看见的阳光，居然露出一线，那"阴影"跟随着他，领导着我。一线的光明！一线的光明，血也似的红，就此一线便照遍了大千世界。遍地的红花染着战血，就放出晚霞朝雾似的红光，鲜艳艳地耀着。宇宙虽大，也快要被他笼罩遍了。"红"的色彩，好不使人烦恼！我想比黑暗的"黑"多少总含些生意。并且黑暗久了，骤然遇见光明，难免不眼花缭乱，自然只能先看见红色。光明的究竟，我想绝不是纯粹红光。他必定会渐渐地转过来，结果总得恢复我们视觉本能所能见的色彩。——这也许是疯话。

世界上对待疯子，无论怎么样不好，总不算得酷虐。我既挣扎着起来，跟着我的"阴影"，舍弃了黑甜乡里的美食甘寝，想必大家都以为我是疯子了。那还有什么话可说！我知道：乌沉沉甘食美衣的所在——是黑甜乡；红艳艳光明鲜丽的所在——是你们罚疯子住的地方，这就当然是冰天雪窖饥寒交迫的去处（却还不十分酷虐），我且叫他"饿乡"。我没有法想了。"阴影"领我去，我不得不去。你们罚我这个疯子，我不得不受罚。我决不忘记你们，我总想为大家辟一条光明的路。我愿去，我不得不去。我现在挣扎起来了，我往饿乡去了！

一九二〇，十一，四，哈尔滨。

一

无　涯

蒙昧也人生！

　　霎时间浮光掠影。

晓凉凉露凝，

　　初日熹微已如病。

露消露凝，人生奇秘。

　　却不见溪流无尽藏意；

却不见大气漭洄有无微。

　　罅隙里，领会否，个中意味？

“我”无限。“人”无限。

　　笑怒哀乐未厌，

漫天痛苦谁念，

　　倒悬待解何年？

知否？知否？倒悬待解，

　　自解解人也；

彻悟，彻悟，饿乡去也，

　　饿乡将无涯。

　　　　　一九二〇，十二，一，哈尔滨。

山东济南大明湖畔，黯黯的灯光，草棚底下，一张小圆桌旁，坐着三个人，残肴剩酒还觑着他们，似乎可惜他们已经兴致索然，不再动箸光顾光顾。……其中一个老者，风尘憔悴的容貌，越显着蔼然可亲，对着一位少年说道："你这一去……随处自去小心，现在世界交通便利，几万里的远路，也不算什么生离死别……只要你自己不要忘记自身的职务。你仔肩很重呵！……"那少年答应着站起来。其时新月初上，照着湖上水云相映，萧萧的芦柳，和着草棚边乱藤蔓葛，都飔飔作响。三人都已走过来，沿着湖边，随意散步，秋凉夜深时，未免有些寒意。对着这种凄凉的境界，又是远别在即，叫人何以为情呢？

我离中国之前，同着云弟、垚弟住在北京纯白大哥家里已经三个年头；我既决定要到俄国去，大约预备了些事物，已经大概妥当之后，就到济南拜别我父亲。从我母亲去世之后，一家星散，东飘西零，我兄弟三个住在北京，还有两弟一妹住在杭州四伯父跟前，父亲一人在山东。纯哥在京虽有职务，收入也很少。四伯做官几十年，清风两袖，现时中国官场，更于他不适宜，而在中国大家庭制度之下，又不得不养育全家，因此生活艰难得很。我亲近的支派家境既然如此，我们弟兄还不能独立，窘急的状况也就可想而知。所以我父亲只能一人住在山东知己朋友家里，教书糊口。在中国这样社会之中既没有阔亲戚，又没有钻营的本领，况且中国畸形的社会生活使人失去一切的可能，年纪已近半百，忧煎病迫，社会还要责备他尽什么他所能尽的责任呢？我有能力，还要求发展，四围的环境既然如此，我再追想追想他的缘故，这问题真太复杂了。我要求改变环境：去发展个性，求一个"中国问题"的相当解决，——略尽一份引导中国社会新生路的责任。"将来"里的生命，"生命"里的将来，使我不得不忍耐"现在"的隐痛，含泪暂别我的旧社会。我所以决定到俄国去走一走。我因此到济南辞别我亲爱不忍舍的父亲。

当那夜大明湖畔小酒馆晚膳之后，我父亲的朋友同着我父亲和我，回到他家里去。父亲和我同榻，整整谈了半夜，明天一早就别了他上火车进京。从此不知道什么时候才能相见呢！

济南车站上，那天人不大多，待车室里只有三四个人。待车室外月台上却有好些苦力，喘息着。推车的穷人，拖男带女的背着大麻布包，破笼破箱里总露着褴褛不堪的裙子衣服。我在窗子里看着他们吸烟谈笑，听来似乎有些是逃荒出去的，——山东那年亦是灾区之一。——有的说，买车票钱短了两毛，幸而一位有良心的老爷赏给我半块钱，不然怎能到天津去找哥哥嫂嫂，难道饿死在济南破屋子里么？又有一个女人嚷着："买票的地方挤得要死，我请巡警老爷替我买了，他却要扣我四毛钱，叫我在车上拿什么买油果子吃呢！"——"怎么回事……"忽听着有人说，火车快来了。我回头看一看，安乐椅上躺着的一位"小老爷"，戴着一副金丝眼镜，上身一件半新不旧的玄色缎马褂，脚上缎鞋头上已经破了两个小窟窿，正跷着两腿在那里看北京《顺天时报》上的总统①命令呢。我当时推门走出待车室。远看着火车头里的烟烘烘地冒着，只见一条长龙似的穿林过树的从南边来了。其时是初秋的清早，北地已经天高风紧，和蔼可亲的朝日，虽然含笑安慰我们一班行色匆匆的旅客，我却觉得寒风嗖嗖有些冷意，看看他们一些难民，身上穿的比我少得多，倒也不觉得怎么样冷。火车来了。我从月台桥上走过，看见有一面旗帜，写着"北京学生联合会灾区调查团"，我想他们采调查灾区，——也算是社会事业的开始。——也许有我们"往民间去"②的相识的同志在内。过去一看，只见几个学生，有背着照相架的，有拿着钞本簿籍的，却一个也没有相熟的。火车快开，也就不及招呼，一走上车了。

我坐的一辆车里，只五六个人。中间躺着两个人：一个是英国工头模样，一个广东女人，他的妻子，两人看来是搭浦口天津通车到天津去的。英国人和他妻子谈着广东话，我一句也

---

① 总统，指徐世昌（1855—1939），自1918年10月10日至1922年6月2日任北洋政府总统。

② "往民间去"，原为19世纪70年代俄国革命运动中小资产阶级派别"民粹派"的口号。当时在北京学生运动中，也有人提出过这个口号。

不懂。停一忽儿，茶房来向他们说了几句话，意思是说，今天火车到天津了，讨几个酒钱。英国人给他一块钱。茶房嫌少，不肯接。英国人发作起来，打着很好的上海话说道："你们惯欺外国人！你可得明白，我在中国住了三十多年，什么事我不知道！为什么两个人必得给你两块钱？不要就算了。"我听得奇怪，——这种现象，于中英两民族交接的实况上很有些价值，因和他攀谈攀谈，原来他也是进京，就那东城三条胡同美国人建筑医院的豫王府工程处的工头之职，谈起来，他还很会说几句北京话呢。

一人坐在车里，寂寞得很，英国人又躺下睡着了。我呆呆地坐着思前想后，也很乏味，随手翻开一本陶渊明的诗集，看了几页又放下了。觉着无聊，站起来凭窗闲望。半阴半晴的天气，烟云飞舞，一片秋原，草木着霜，已经带了些微黄，田地里禾麦疏疏朗朗，显得很枯瘠似的，想起江南的风物，究竟是地理上文化上得天赋较厚呵。火车的轮机声，打断我的思潮，车里却静悄悄的，只看着窗外凄凉的天色似乎有些雨意，还有那云山草木的"天然"在我的眼前如飞似掠不断地往后退走，心上念念不已，悲凉感慨，不知怎样觉得人生孤寂得很。猛然看见路旁经过一个小村子，隐约看见一家父子母女同在茅舍门口吃早饭呢。不由得想起我与父亲远别，重逢的时节也不知道在何年何月，家道又如此，真正叫人想起我们常州诗人黄仲则的名句来："惨惨柴门风雪夜，此时有子不如无。"……

这天当夜到天津，第二天就进京，行期快了。其时正是1920年10月初旬光景。

二

生活也好似行程。青山绿水，本来山荫道上，应接不暇。疾风迅雷，清阴暖日，就是平平常常一时一节的心绪，也有几多自然现象的反映。何况自然现象比社会现象简单得多，离人生远得多。社会现象吞没了个性，好似洪炉大冶，熔化锻炼千万钧的金锡，又好像长江大河，滚滚而下，旁流齐汇，泥沙毕集，任你鱼龙变化，也逃不出这河流域以外。这"生命的大流"虚涵万象，自然流转，其中各流各支，甚至于一波一浪，也在那里努力求突出的生活，因此各相搏击进涌，转变万千，而他们——各个的分体，整个的总体——都不知道自己，不知道自己的转变在空间时间中生出什么价值。只是蒙昧地"动"，好像随"第三者"的指导，愈走愈远，无尽无穷。——如此的行程已经几千万年了。

人生在这"生命的大流"里，要求个性的自觉（意识），岂不是梦话！然而宇宙间的"活力"，那"第三者"，普遍圆满，暗地里做不动不静的造化者，人类心灵的谐和，环境的应响，证实天地间的真理。况且"他"是"活力"，不流转而流转，自然显露，不着相而着相，自然映照。他在个性之中有，社会之中亦有，非个性有，非社会有，——似乎是"第三者"而非第三者。

"生命大流"的段落，不能见的，如其能见，只有世间生死的妄执，他的流转是不断的；社会现象，仍仍相因，层层衔接，不与我们一明切的对象，人生在他中间，为他所包含，意识（觉）的广狭不论，总在他之中，猛一看来，好像是完全泪没于他之内。——不能认识他。能认识他的，必定得暂舍个性的本位。——取第三者的地位："生命大流"本身没有段落，可以横截他一断；社会现象不可认识，有个性的应和响；心灵的动力不可见，有环境为其征象。

在镜子里看影子，虽然不是真实的……可是真实的在哪里？……

"人生都是社会现象的痕迹，社会现象都是人生反映的蜃楼。"社会吞没了一切，一切都随他自流自转。我如其以要求"突出生活"的意象想侵犯"社会"的城壁，要刻画社会现象的痕迹，要……人家或者断定我是神经过敏了。

中国社会组织，有几千年惰性化的（历史学上又谓之迟缓律）经济现象做他的基础。家族生产制，及治者阶级的寇盗（帝皇）与半治者阶级的"士"之政治统治包括尽了一部"二十四史"。中国周围的野蛮民族，侵入中国文化，使中国屡次往后退，农业生产制渐渐发达，资本流通状态渐渐迁移，刚有些眉目，必然猛又遇着游牧民族的阻滞。历史的迟缓律因此更增其效力。最近一世纪，已经久入睡乡的中国，才朦朦胧胧由海外灯塔上得些微光，汽船上的汽笛唤醒他的痴梦，汽车上的轮机触痛他的心肺。旧的家族生产制快打破了。旧的"士的阶级"，尤其不得不破产了。畸形的社会组织，因经济基础的动摇，尤其颠危簸荡紊乱不堪。

我的诞生地，就在这颠危簸荡的社会组织中破产的"士的阶级"之一家族里。这种最畸形的社会地位，濒于破产死灭的一种病的状态，绝对和我心灵的"内的要求"相矛盾。于是痛、苦、愁、惨，与我生以俱来。我家因社会地位的根本动摇，随着时代的潮流，真正地破产了。"穷"不是偶然的，虽然因家族制的维系，亲戚相维持，也只如万丈波涛中的破船，其中名说是同舟共济的人，仅只能有牵衣悲泣的哀情、抱头痛哭的下策，谁救得了谁呢？我母亲已经为"穷"所驱逐出宇宙之外，我父亲也只是这"穷"的遗物。我的心性，在这几乎类似游民的无产阶级（Lumpen proletariat）的社会地位中，融陶铸炼成了什么样子我也不能知道。只是那垂死的家族制之苦痛，在几度的回光返照的时候，映射在我心里，影响于我生活，成一不可灭的影像，洞穿我的心胸，震颤我的肺肝，积一深沉的声浪，在这蜃楼海市的社会里；不久且穿透了万重疑网反射出一心苗的光焰来。

我幼时的环境完全在破产的大家族制度的反映里。大家族制最近的状态，先则震颤动摇，后则渐就模糊澌灭。我单就见闻所及以至于亲自参与的中国垂死的家族制度之一种社会现象而论，只看见这种过程，一天一天走得紧起来。好的呢，人人过一种枯寂无生意的生活。坏的呢，人人——家族中的分子，兄弟，父子，姑嫂，叔伯，——因经济利益的冲突，家庭维系——夫妻情爱关系——的不牢固，都面面相觑戴着孔教的假面具，背地里嫉恨怨悱诅咒毒害，无所不至。"人与人的关系"已在我心中成了一绝大的问题。人生的意义，昏昧极了。我心灵里虽有和谐的弦，弹不出和谐的调……

我幼时虽有慈母的扶育怜爱；虽有江南风物，清山秀水，松江的鲈鱼，西乡的菘菜，为我营养；虽有豆栅瓜架草虫的天籁，晓风残月诗人的新意，怡悦我的性情；虽亦有耳鬓厮磨哝哝情话，亦即亦离的恋爱，安慰我的心灵；良朋密友，有情意的亲戚，温情厚意的抚恤，——现在都成一梦了。虽然如此呵！惨酷的社会，好像严厉的算术教授给了我一极难的天文学算题，闷闷的不能解决；我牢锁在心灵的监狱里。"内的要求"驱使我，——悲惨的环境，几乎没有把我变成冷酷不仁的"畸零之人"，——我决然忍心舍弃老父及兄弟姊妹亲友而西去了。

三

　　小小的院落，疏疏的闲花闲草，清早带些微霜，好像一任晓风贴拂摇移，感慨有些别意，仿佛知道，这窗中人快要离他们远去万里了。北京四年枯寂的生涯，这小小的院落容我低回俯仰，也值得留一纪念，如今眼看别离在即，旧生涯且将告一段落，我也当有以安慰安慰这院落中的旧伴呵。可是呢。……我没离故乡之时，常州红梅阁的翠竹野花，环溪的清流禾稼，也曾托我的奇思遐想。母亲去世，一家星散，我只身由吴而鄂，由鄂而燕。黄陂铁锁龙潭的清波皓月，也曾使我低回留恋；以至于北京南湾子头的新柳，丝丝的纤影，几番几次拂拭我的悲怀诗思。我又何独对于这小院落中奄奄的秋花格外深情呢？“自然”向不吝啬他自己的“美”，也未必更须对我卖弄，——我只须能尽量享用，印取他的“美”意，自慰偏枯悲涩的心怀，离别便离别，一切不过“如是而已”。

　　我离山东回到北京之后，匆匆地整理行装，早夜疲乏，清晨起来没精打采地坐着，不知道辜负了这小院秋花的多少好意。我纯哥的家庭，融融泄泄，安闲恬静的生涯虽说不得，隐隐地森严规律的气象，点缀些花草的闲情雅意，也留我许多感想。我因远别在即，黄昏时归来就同哥嫂家常闲话，在北京整整地住了四年，虽纯哥是按“家族的旧道德”培植扶助我，我又被“新时代的自由神”移易了心性，不能纯然坐在“旧”的监狱里，或者有和他反背的意见，——纯哥当初竭力反对我到俄国去，以为自趋绝地，我却不是为生乃是为死而走，论点根本不同，也就不肯屈从，——到现在一切都已决定，纯哥亦就不说什么，勉励我到俄国后专门研究学问，不要半途而辍。兄弟的情分，平常时很觉泛泛，如今却又有些难舍。——人生生活的剧烈变更，每每使心理现象，出于常规，向一方面特别发展。我去国决定以前，理智强烈，已决定后，情感舒展伸长，这一时期中总觉得低回感慨之不尽。然而走是已决定走的了。我这次"去国"的意义，差不多同"出世"一样，一切琐琐屑屑"世间"的事，都得做一小结束，得略略从头至尾整理一番。哥嫂的谈话，在家事上也帮助我不少。

应整顿的事烦琐得很。母亲死时遗下的债务须得暂时有个交托，——破产的"士的阶级"大半生活筑在债台上，又得保持旧的"体面"，不让说是无赖呵！——旧时诗古文词稿，虽则已经视如敝屣，父亲却要他做个纪念，须得整理出来；幼时的小伴，阔别已经好几年，远在江南，不能握别，须得写封信告辞。总之当时就知道俄国远处万里，交通梗塞，而且我想一去不知道甚时才能回来（生命于我无所重轻），暂时须得像永告诀别似的，完一番"人间的"手续。于是抽出这几天晚上整理整理。

儿时的旧伴，都已星散了，谁还管得了谁？然而我写信时，使我忆及我一少寡的表姊。她现在只她一人同一遗腹子孤苦伶仃地住在母家，我姑母受儿媳的供养已是很为难，何尝能好好周顾到她呢。姑母家是地主，然而生活程度随着渐渐欧化的城市生活增高，农业生产，却因不能把它随着生活程度增高的雇工价值核计，不会处置变态中的农地生产资本，而且新由大家族经济变成个人经济，顿然现出濒于破产的现象。于是我表姊的寄生中之寄生生涯，精神苦痛不可言喻。还有一个表姊，从小没有母亲，和我一处长大的，她家亦是破产的"士的阶级"，丈夫是小学教员，儿女非常地多，非但自己创不起小家庭，还非得遵从家族经济的原则，所谓仰事俯蓄，艰难得很。我表姊感着"中国妇女的痛苦"，每每对于生活起疑问。她又何尝能解决他呢？

夜深人静，灯光黯黯地笼罩着人的愁思。晚风挟着寒意，时时到窗隙里来探刺。握着笔要写又写不下去：旧话重提有什么意味？生活困难，心绪恶劣，要想得亲近人的慰藉，这也是人情，可是从何说起！亲人的空言虽比仇人的礼物好，究竟无益于事。况且我的亲友各有自己阶级的人生观，照实说来，又恐话不投机，徒然枉费。中国的社会生活，好像蒙眬晓梦，模糊得很。人人只知道"时乖命蹇"，哪知生活的帐子里有巨大的毒虫以至于蚊蚋，争相吸取他们的精血呢？大千世界生命的疑问不必提起。各人吃饭问题的背后，都有世界经济现象映着，——好像一巨大的魔鬼尽着在他们所加上去的正数旁边画负号呢。他们怎能明白！我又怎能一一地与以慰藉！……几封诀别的信总算写完了。

我记得，我过天津的时候，到亲戚家去，主人是我世交，又是我表姊丈。他们知道我要远行，开瓶白兰地酒痛饮半宵。我这位表姊，本是家乡的名美人，现在她饱经世变，家庭生活的苦痛已经如狂风骤雨扫净了春意。那天酒酣耳热，大家吃着茶，对着烟灯谈话。表姊丈指着烟盘道："我一月赚着五六十块钱，这东西倒要去掉我六十元。你看怎么过？"表姊道："他先前行医也还赚几个额外的钱。他却懒得什么似的，爱去不去，生意怎么能好？铁路局里面的事情，还是好容易靠着我们常州'大好佬'（这是常州话，指京里的大官说的）的面子弄着的，他也是一天去，两天不去。事情弄掉了，看怎么样！……"他女儿丰儿忽然插话对我说道："双舅舅，双舅舅。你同我上北京去罢？去看三姨，三姨上次来我家里，和娘娘谈天，后来不知道怎么还淌眼泪来呢。……"茶已经吃完了，烟也抽了不少了。我的醉意也渐渐醒了。……那天从他们家里回客栈，不知怎么，天津的街市也似乎格外凄凉似的……

我记得，北京西城一小公寓，短短的土墙，纸糊的窗格，院子里乱砌着鸡冠凤仙花，一见着就觉得一种极勉强极勉强的城市生活的光景。我那天去看亲戚，进了他的屋子，什物虽收拾得整整齐齐，地方究竟太窄些。我告诉了我这表舅母快要到俄国去的话。她道："这样亦好。你母亲一世愁穷，可惜等你学好了本事，她再也看不见了。"我道："这也罢了！我是很爱学的。穷迫得紧，几乎没有饿死，学不成学得成又是一事。一点希望本只在自己。第一次从常州出门求学，亏得你当了当头借给我川资。这次出去·求学，也刚巧借着了钱。究竟穷是什么事，暂且不放他在心上。……"我去国的志愿究竟在什么地方，不能表示出来，现在中国社会思想，截然分了两个世界，新旧的了解是不可能的。——表舅母接着问道："你在天津看你二表姊去没有？她姑爷还吸鸦片么？"我道："怎么不吸？"她叹道："像我们这样丝毫没有的人家也不用说了。他们这般公子少爷，有了财产拼命浪费；——也难怪他，他父亲不会教训，和儿子是一样的货。'有'的时候，不知道上进。现在'没'了，看怎么样。他却还吸烟！现今还比得从前吗？……像你表舅，从小没钱求学。现在一家两口，东飘西走，一月进款三四十元，够什么！这个那个小机关上的小官员，如此景况的人成千成万。现在的世界，真不知道是什么世界！……"接着又问道，"三小姐到京了，你去看她没有？"我说我看见过了。她道；"三小姐这桩亲事，真正……小孩子时候就定亲许人家，最坏事。幸而他们夫妻还亲爱。不过姑爷中文都不大好，又不能做什么事，生计是……将来很艰难呵……"

我记得，我心灵里清纯洁白一点爱性，已经经过悱恻缠绵的一番锻炼。如今好像残秋垂柳，着了严霜，奄奄地没有什么生意了。枯寂的生活，别有安闲的乐趣。然而外界偶然又有感触，即使一片云影，几朵落花，也能震动我的心神。我的心神现在虽已在另一个世界，依旧是……何况，这又和旧时代的精神密切相关，是旧社会生活的遗迹，感动了我别方面的感慨，更深了我的"人与人之关系"的疑问呢？……这一天，我看三妹去，她说："我刚从南边来，你又要到北边去了！……我一个人离母家这样远，此地好像另一世界似的。满北京只有一两个熟人。西城的你的表舅母，却到我这里来过了，你近来看见她没有？她是我们家乡旧时的熟人。我总盼望她来谈谈话。……冷静得叫人烦闷。家里母亲、大姊不知道怎样？他（指她的新婚而言）又懒，我又不会写信，你替我写封信给你姑母和天津的二姊罢。……你几时动身到俄国去，俄国离中国有多远，在什么地方呢？……"我答道："我大概一两礼拜后就走。你有空到纯哥那里看看，明后天我在家。……信，容易得很，我写就是了。我在天津，看见二姊，丰儿要想到北京来看你呢。呀！时光过得真快，丰儿都这样大了。我们一别，不是四五年了么？现在又得分手，人生还不是驿站似的……"半晌大家不言语。我无意地说道："妹婿要能在什么衙门或是银行找个事情才好，三妹，你看怎么样？"她道："自然呢！不过我也不知道要怎样托托人情才行。我真为难，我还不过是一个小孩子，现在样样事要担些斤量，怎么样好？"我答道："不要紧，事情慢慢地找就是了，一切不知道的，你可以去问问纯哥纯嫂。"——做新妇的时代，是中国妇女一生一世的紧要关头。——"你的小叔子，小姑娘还算是好的。"她道："也就这样罢了。想起我们那时在环溪，乡下地方，成天的一块儿玩，什么亦不管……"我这天去看她，本想早些回家，不知不觉谈到黄昏时候。北京城南本来荒僻，我从她那里回家到东城，路却不少。出了他们大门，正是秋夜时分，龙泉寺边的深林丛树时时送出秋声，一阵一阵萧萧的大有雨意，也似催人离别。满天黑云如墨，只听得地上半枯的秋草，飕飕作响。那条街上，人差不多已经静了，只有一星两星洋车上的车灯，远远近近地晃着。远看正阳门畔三四层的高洋房，电光雪亮地耀着……

过去的留恋，心理现象情绪中的自然状态，影响于人的个性却也不少。况且旧社会一幅一幅的画呈现于吾人之前，又是我们所要解决的社会问题的对象。个性的突变没有不受社会环境的反映的。可是呢，"过去的留恋"啊，你究竟和我的将来有什么印象，可以在心灵里占一不上不下的位置呢？我现在是万缘俱寂，一心另有归向了。一挥手，决然就走！

四

20世纪的开始，是我诞生的时候，正是中国史上的新纪元。中国香甜安逸的春梦渐渐惊醒过来，一看已是日上三竿，还懒懒地蒙眬双眼欠伸着不肯起来呢。从我七八岁时，中国社会已经大大地震颠动摇之后，那疾然翻覆变更的倾向，已是猛不可当，非常之明显了。幼年的社会生活受这影响不小，我已不是完全中国文化的产物；更加以经济生活的揉挪，万千变化都在此中融化，我不过此中一分子而已。

20年来思想激变，1911年的革命证明中国旧社会的破产。可惜，因中国50年的殖民地化使中国资产阶级抑压它的内力，游民的无产阶级大显其功能，成就了那革命后中国社会畸形的变态。资产阶级"自由平等"的革命，只赚着一舆台奴婢匪徒寇盗的独裁制。"自由""平等""民权"的口头禅，在大多数社会思想里，即使不生复古的反动思潮，也就为人所厌闻，——一激而成厌世的人生观：或是有托而逃，寻较远于政治科学的安顿心灵所在，或是竟顺流忘返，成绮语淫话的烂小说生涯。所以当我受欧化的中学教育时候，正值江南文学思想破产的机会。所谓"欧化"——死的科学教育——敌不过现实的政治恶象的激刺、流动的文学思潮的堕落。我江苏第五中学的同学——扬州任氏兄弟及宜兴吴炳文都和我处同样的环境，大家不期然而然同时"名士化"，始而研究诗古文词，继而讨究经籍多，大家还以"性灵"相尚，友谊的结合无形之中得一种旁面的训育。然而当时是和社会隔离的。后来我因母亲去世，家庭消灭，跳出去社会里营生，更发现了无量无数的"？"。和我的好友都分散了。来一穷乡僻壤，无锡乡村里，当国民学校校长，精神上判了无期徒刑。所以当时虽然正是袁世凯做皇帝梦的时候，政治思想绝对不动我的心怀。思想复古，人生观只在于"避世"。

唯心的厌世梦是做不长的。经济生活的要求使我循扬子江而西。旧游的瓜洲，恶化的秦淮，长河的落日，皖赣的江树，和着茫无涯涘的波光，沉着浑噩的波声，渗洗我的心性，舒畅我的郁积，到武昌寻着了纯哥，饥渴似的知识欲又有一线可以充足的希望。——饭碗问题间接的解决法。同时却又到黄陂会见表兄周均量，诗词的研究更深入一层；他能辅助我的，不但在此，政治问题也渐渐由他而入我们的谈资。然而他一方面引起我旧时研究佛学的兴趣，又把那社会问题的政治解决那一点萌芽折了。这三四个月的旅行，经济生活的要求虽丝毫没有满足，而心灵上却渐渐得一安顿的"境界"。从此别了均量又到北京，抱着入大学研究的目的。当时家庭已经破碎，别无牵挂，——直到如今；——然而东奔西走，像盲蝇乱投要求生活的出路，而不知道自己是破产的"士的阶级"社会中之一社会观象呵！

从入北京到五四运动之前，共三年，是我最枯寂的生涯。友朋的交际可以说绝对地断绝。北京城里新官僚"民国"的生活使我受一重大的痛苦激刺。厌世观的哲学思想随着我这三年研究哲学的程度而增高。然而这"厌世观"已经和我以前的"避世观"不相同。渐渐地心灵现象起了变化。因研究国故感受兴趣，而有就今文学再生而为整理国故的志向；因研究佛学试解人生问题，而有就菩萨行而为佛教人间化的愿心。这虽是大言不惭的空愿，然而却足以说明我当时孤独生活中的"二元的人生观"。一部分的生活经营我"世间的"责任，为自立生计的预备；一部分的生活努力于"出世间"的功德，做以文化救中国的功夫。我的进俄文专修馆，而同时为哲学研究不辍，一天工作11小时以上的刻苦生涯，就是这种人生观的表现。当时一切社会生活都在我心灵之外。学俄文是为吃饭的，然而当时吃的饭是我堂阿哥的，不是我的。这寄生生涯，已经时时重新触动我社会问题的疑问——"人与人之关系的疑问"。

菩萨行的人生观，无常的社会观渐渐指导我一光明的路。五四运动陡然爆发，我于是卷入旋涡。孤寂的生活打破了。最初北京社会服务会的同志：我叔叔瞿菊农，温州郑振铎，上海耿济之，湖州张昭德（后两位是我俄文馆的同学），都和我一样，抱着不可思议的"热烈"参与学生运动。我们处于社会生活之中，还只知道社会中了无名毒症，不知道怎么样医治，——学生运动的意义是如此，——单由自己的体验，那不安的感觉再也藏不住了。有"变"的要求，就突然爆发，暂且先与社会以一震惊的激刺，——克鲁扑德金①说：一次暴动胜于数千百万册书报。同时

---

① 克鲁扑德金（俄语：Пётр Алексе́евич Кропо́ткин，英语：Pyotr Alexeyevich Kropotkin，1842—1921），现译克鲁泡特金，俄国无政府主义思想家。著有《面包和自由》等。

经八九年中国社会现象的反动，《新青年》《新潮》所表现的思潮变动，趁着学生运动中社会心理的倾向，起翻天的巨浪，摇荡全中国。当时爱国运动的意义，绝不能望文生义地去解释它。中国民族几十年受剥削，到今日才感受殖民地化的况味。帝国主义压迫的切骨的痛苦，触醒了空泛的民主主义的噩梦。学生运动的引子，山东问题，本来就包括在这里。工业先进国的现代问题是资本主义，在殖民地上就是帝国主义，所以学生运动倏然一变而倾向于社会主义，就是这个原因。况且家族农业经济破产，旧社会组织失了它的根据地，于是社会问题更复杂了。从孔教问题、妇女问题一直到劳动问题、社会改造问题；从文字上的文学问题一直到人生观的哲学问题，都在这一时期兴起，萦绕着新时代的中国社会思想。

我和菊农、振铎、济之等同志组织《新社会》旬刊。于是我的思想第一次与社会生活接触。而且学生运动中所受的一番社会的教训，使我更明白"社会"的意义。社会主义的讨论，常常引起我们无限的兴味。然而究竟如俄国19世纪40年代的青年思想似的，模糊影响，隔着纱窗看晓雾，社会主义流派，社会主义意义都是纷乱，不十分清晰的。正如久壅的水闸，一旦开放，旁流杂出，虽是喷沫鸣溅，究不曾自定出流的方向。其时一般的社会思想大半都是如此。我以研究哲学的积习，根本疑及当时社会思想的"思想方法"。所以我曾说："现在大家，你说我主张过激，我说你太不彻底，都是枉然的……究竟每一件东西，既是我们的研究对象，就得认个清楚；主观客观的混淆，使你一百年也不能解决一个小小的问题。……"虽然如此，我们中当时固然没有真正的"社会党"，然而中国政府，旧派的垂死的死神，见着"外国的货色"——"社会"两个字，就吓得头晕眼花，一概认为"过激派""布尔塞维克""洪水猛兽"——于是我们的《新社会》就被警察厅封闭了。这也是一种奇异现象，社会思想的变态：一方面走得极前，一方面落得极后。

此后北京青年思想，渐渐地转移，趋重于哲学方面、人生观方面。也像俄国新思想运动中的烦闷时代似的，"烦闷究竟是什么？不知道"。于是我们组织一月刊《人道》（*Humanite*）。《人道》和《新社会》的倾向已经不大相同。——要求社会问题唯心地解决。振铎的倾向最明了，我的辩论也就不足为重；唯物史观的意义反正当时大家都不懂得。《人道》的产生不久，我就离中国，入饿乡，秉着刻苦的人生观，求满足我"内的要求"去了。

五

中国社会思想到如今，已是一大变动的时候。一般青年都是栖栖惶惶寝食不安的样子，究竟为什么？无非是社会生活不安的反动。反动初起的时候，群流并进，集中于"旧"思想学术制度，做勇猛的攻击。等到代表"旧"的势力宣告无战争力的时期，"新"派思想之中，因潜伏的矛盾点——历史上学术思想的渊源，地理上文化交流之法则——渐渐发现出来，于是思潮的趋向就不像当初那样简单了。政治上：虽经过了十年前的一次革命，成立了一个括弧内的"民国"，而德谟克拉西（la démocratie）^①一个字到十年后才发现。西欧已成重新估定价值的问题，中国却还很新鲜，人人乐道，津津有味。这是一方面。别一方面呢，根据于中国历史上的无政府状态的统治之意义，与现存的非集权的暴政之反动，又激起一种思想，迎受"社会主义"的学说，其实带着无政府主义的色彩——如托尔斯泰派^②之宣传等。或者更进一步，简直声言无政府主义。于是"德谟克拉西"和"社会主义"有时相攻击，有时相调和。实际上这两个字的意义，在现在中国学术界里自有他们特别的解释，并没有与现代术语——欧美思想界之所谓德谟克拉西、所谓社会主义——相同之点。由科学的术语上看来，中国社会思想虽确有进步，还没有免掉模糊影响的弊病。经济上虽已和西欧物质文明接触了五六十年，实际上已遵殖民地化的经济原则成了一变态的经济现象，却还想抄欧洲工业革命的老文章，提倡"振兴实业利用外资"。——这是中了美国资本家新式侵略政策的骗，及听了罗塞

---

① 德谟克拉西，英语democracy的音译。意即民主。

② 托尔斯泰派，亦称托尔斯泰主义，主张"不用暴力抵抗邪恶""建立一种自由平等的小农的社会生活来代替"沙皇制度。

尔①偶然的一句"中国应当振兴实业"的话，所起的一种很奇怪的"社会主义"的反动。当然又因社会主义渐落实际的运动，稍稍显露一点威权，而起一派调和的论调，崇拜"德国式"妥协的革命②，或主张社会政策。——这又是一种所谓"社会主义"。两派于中国经济上最痛切的外国帝国主义，或者是忘记了，或者是简直不能解决而置之不谈，却还尽在经济问题上打磨旋。学术上：二十余年和欧美文化相接，科学早已编入国立学校的教科书内，却直到如今，才有人认真聘请赛先生（陈独秀先生称科学为Mr. Science）③到古旧的东方来。同时"中国的印度文化"再生，托尔斯泰等崇拜东方文化说盛传，欧美大战后思想破产而向东方呼吁，重新引动了中国人的傲慢心。"西方文化与东方文化"，居然成了中国新思潮中的问题。于是这样两相矛盾的倾向，各自站在不明了的地位上，一会儿相攻击，一会儿相调和，不论政治上、经济上、学术上的思潮都没有明确的意义，只见乱哄哄的报章、杂志、丛书的广告运动，—— 一步一步前进的现象却不能否认，——而思想紊乱摇荡不定，也无可讳言。

---

① 罗塞尔（B. Russll，1872—1970），现译罗素，英国哲学家。1920—1921年间曾来中国讲学。

② "德国式"妥协的革命，指1918年11月德国无产阶级领导的"十一月革命"。这次革命在结束了君主专制政体以后，以资产阶级获得政权而告终。

③ 赛先生，即"赛因斯"。英语science的音译，意即科学。陈独秀称科学为赛先生的话，见于他发表于《新青年》第六卷第一号（1919年1月）的《本志罪案之答辩书》一文。

我和诸同志当时也是漂流震荡于这种狂涛骇浪之中。

我呢？以整顿思想方法入手，真诚地去"人我见"以至于"法我见"①，当时已经略略领会得唯实的人生观及宇宙观。我成就了我世间的"唯物主义"。决然想探一探险，求实际的结论，在某一范围内的真实智识，——这不是为我的，——智识和思想不是私有权所能限制的。况且我幼时社会生活的环境，使我不期然而然成一"斯笃矣派"（Stoiciste）②，日常生活刻苦惯的，饮食起居一切都只求简单节欲。这虽或是我个人畸形的发展，却成就了我入俄的志愿——担一份中国再生时代思想发展的责任。

"思想不能尽是这样紊乱下去的。我们对社会虽无责任可负，对我们自己心灵的要求，是负绝对的责任的。唯实的理论在人类生活的各方面安排了几千万年的基础。——用不着我和你们辩论。我们各自照着自己能力的限度，适应自己心灵的要求，破弃一切去着手进行。……清管异之③称伯夷叔齐的首

----

① "人我见""法我见"，均是佛教名词。亦称"人我执""法我执"，意思是指对"我"的执着。佛教认为这一观念是万恶之本，是一切谬误和烦恼的总根源；主张"人无我""法无我"。

② "斯笃矣派"，现译斯多葛派。约在公元前三世纪产生于古希腊的一个哲学流派，提倡修身克己，摈弃人生享乐。

③ 管异之（1730—1831），名同，江苏上元人。清代文学家。著有《因寄轩文集》。"称伯夷叔齐的首阳山为饿乡"，原是清代另一文学家蓝鼎元（1680—1733）所作寓言《饿乡记》中的话。

阳山为饿乡，——他们实际心理上的要求之实力，胜过他爱吃'周粟'的经济欲望。——我现在有了我的饿乡了，——苏维埃俄国。俄国怎样没有吃，没有穿，……饥，寒……暂且不管，……它始终是世界第一个社会革命的国家，世界革命的中心点，东西文化的接触地。我暂且不问手段如何，——不能当《晨报》①新闻记者而用新闻记者的名义去，虽没有能力，还要勉强；不可当《晨报》新闻记者，而竟承受新闻记者的责任，虽在不能确定的思潮中（《晨报》），而想挽定思潮，也算冒昧极了，——而认定'思想之无私有'，我已经决定走的了。……现在一切都已预备妥帖，明天就动身，……诸位同志各自勉励努力前进呵！"这是1920年10月15日晚十一二点钟的时候，我刚从北京饭店优林（Urin，远东共和国②代表）处签了护照回来，和当日送我的几位同志——耿济之、瞿菊农、郑振铎、郭绍虞、郭梦良、郭叔奇——说的话。

10月16日一早到北京东车站，我纯哥及几位亲戚兄弟送我，还有几位同志，都来和我做最后的诀别。天气很好，清风

---

① 《晨报》，初名《晨钟报》。1916年8月创刊于北京。研究系机关报。1918年12月改组为《晨报》，1928年6月停刊。

② 远东共和国，十月革命后，苏维埃政权为了避免和占领海参崴的日军冲突，于1920年4月6日在东西伯利亚建立以赤塔为首都的远东共和国作为缓冲。同年8月远东共和国派优林（现译尤林）来我国谈判商约和两国外交关系。日军撤出海参崴后，远东共和国于1922年11月19日并入苏俄。

朗日，映着我不可思议的情感，触目都成异象。……握手言别，亲友送我，各人对我的感想怎样，我不知道；我对于各人自有一种奇感。……"我三妹，她新嫁到北京，处一奇异危险的环境，将来怎么样？我最亲密最新的知己，郭叔奇，还陷在俄文馆的思想监狱里？——我去后他们不更孤寂了么？……"断断续续的思潮，辗转不已。一声汽笛，忽然吹断了我和中国社会的万种"尘缘"。从此远别了！

天津重过。又到我二表姊处去告别。张昭德及江苏第五中学同学吴炳文、张太来三位同志都在天津，晚间抵足长谈，做我中国社会生活最后的回忆。天津的"欧化的都市文明"：电车汽车的吵闹声，旅馆里酒馆里新官僚挥拳麻雀声，时时引入我们的谈资，留我对于中国社会生活最后的印象……

18日早，接到振铎、菊农、济之送别的信和诗：

追寄秋白宗武颂华

民国九年十月十六日同至京奉车站送秋白、颂华、宗武赴俄，归时饮于茶楼，怅然有感，书此追寄三兄。

济之，振铎。

汽笛一声声催着，
车轮慢慢地转着。

你们走了——

走向红光里去了!

新世界的生活,

我们羡慕你们受着。

但是……

笛声把我们的心吹碎了,

我们的心随着车轮转了!

松柏依旧青着,

秋花依旧笑着,

燕都景色,几时再得重游?

冰雪之区——经过,

"自由"之国——到了。

别离———几时?

相隔——万里!

鱼雁呀!

你们能把我们心事带着去么?

汽笛一声声催着,

车轮慢慢地转着。

笛声把我们的心吹碎了,

我们的心随着车轮转了！

九，十，十六，晚十时。

追寄颂华宗武二兄暨秋白侄

菊　农

回头一望：悲惨惨的生活，乌沉沉的社会，

　——你们却走了！

走了也好，走了也好。

　只是盼望你们多回几次头，

看看在这黑甜乡酣睡的同人，究竟怎样。

要做蜜蜂儿，采花酿蜜。

　不要做邮差，只来回送两封信儿。

泰戈尔道："变易是生活的本质。"

　柏格森说，宇宙万物都是创造，——时时刻刻的
创造。

你们回来的时候，

希望你们改变，创造。

我们虽和你们小别，

只是我信：

我们仍然在宇宙的大调和，

　普遍的精神生活中，

和谐——合一……

我没有什么牵挂，

不知，你们有牵挂也不？

　　我因复信，并附以诗，引我许多自然和乐的感想。——他日归来相见，这也是一种纪念。信和诗如下：

　　"HUmanite"鉴：

　　我们今天晚车赴奉，从此越走越远了。越走越远，面前黑魃魃里透出一线光明来欢迎我们，我们配受欢迎吗？诸位想想看！我们却只是决心要随"自然"前进。——不创造自创造！不和一自和一！

　　你们送我们的诗已经接到了，谢谢！……

　　菊农叔呀！"采得百花成蜜后，为谁辛苦为谁甜？"

　　我们此行的意义，就在这几个问号里。

　　流血的惨剧，歌舞的盛会，我们都将含笑雍容地去参怀。你们以为如何？……附诗。

　　　　　　　　　　　　秋白。一九二〇，十，十八。

去国答《人道》

秋　白

来去无牵挂，

来去无牵挂！……

说什么创造，变易？

只不过做邮差。

辛辛苦苦，苦苦辛辛，

几回频转轴轳车。

驱策我，有"宇宙的意志"。

欢迎我，有"自然的和谐"。

　若说是——

　采花酿蜜：

蜂蜜成时百花谢，

再回头，灿烂云华。

天津倚装作。

　　当日复信寄出之后，晚上就别了炳文、太来、昭德，上京奉车。同行的有俞颂华、李宗武。当时我们还不知道往俄国去的路通不通。"中华民国"驻莫斯科总领事陈广平，同着副领事刘雯、随习领事郑炎，恰巧也是这时候"启节"，我们因和他们结伴同行。预备先到哈尔滨再看光景。

其时通俄国的道路：一条是恰克图，一条是满洲里。走恰克图须乘张库汽车。直皖战争后，小徐①办的汽车已经分赃分掉了。其余商办的也没有开。至于满洲里方面，谢美诺夫②与远东革命军正在酣战，我们却不知道，优林的秘书曾告诉我，如其能和总领事同行，专车可以由哈直达赤塔。我们信了他的话，因和领事结伴同走。

当天在天津上车，已是晚上十一二点钟光景。我同宗武和颂华说："现在离中国了，明天到满洲，不知道究竟什么时候才能到'赤都'（莫斯科）呢？……我们从今须暂别中国社会，暂离中国思想界了。今天我复菊农的诗，你们看见没有？却可留着为今年今月今日中国思想界一部分的陈迹……"车开了，人亦慢慢地睡静了。瞿秋白渐渐地离中国——出山海关去了……

---

　　①　小徐，指徐树铮（1880—1925），字又铮，江苏萧县（今属安徽）人。北洋皖系军阀。

　　②　谢美诺夫（Григо́рий Миха́йлович Семёнов，1890—1946），现译谢苗诺夫，十月革命后盘踞在西伯利亚东部进行反革命活动的白卫军头目之一。溃败后投靠日本，继续进行反苏活动。1945年被苏军俘获后处决。

一四

十天以来，伊尔库次克暮霭沉沉中的晚钟，沃木斯克追赃查贼时的骂哕，沿途褴褛瑟缩的人影，车行风掠雪碾的厉声，中古神教威权的想象，现代国际公法的痴念，远东泰西西伯利亚人文的混合，帝国主义狂暴之下的呻吟，人类文化热病之中的喘息，——一切一切融合会杂复映而成我的心灵之印象。亲亲热热抱着这一印象来到"现代的文明的"欧洲之遥远荒僻，"现代性"（contemporaneite）色彩还很淡很淡的边境，——18日离沃木斯克，20日到都明站（Tiumen）①，欧亚的交界。当晚到嘉德琳堡（Catherinburg）②，那地矿产非常之丰富，宽宏大量的"天然"，含笑看着：人类因"家事"扰攘，蜗角牛斗，还竟没闲暇去聘请他（"天然"）以奏天下太平的盛乐呢。依稀恍惚的幻想，伴着震荡飞掠的旅梦，淹没在寒衾里，21日清早醒来已在乌拉岭（Ural）③上郭同站（Kordon）④。白雪四山掩抑那丰富的"天然"，不见无产阶级实业家的轮椎，却只见诗人呼啸清新的美意。

长林迥密，随着高低转折的峰峦，蜿蜒漫衍，努力显现伟

---

① 都明站，现译秋明站。

② 嘉德琳堡，现译叶卡捷琳堡，现为斯维尔德沃斯克州首府。

③ 乌拉岭，现译乌拉尔山。

④ 郭同站，现译科东站。

大雄厚的气概；闪烁晶光的雪影映射着寒厉勇猛的初日，黯云掩抑依徊时，却又不时微微地露出凄黯的神态；松杉的苍翠披着银铠晶甲的圣衣，固然明明轩昂有骄色，表示他克己能耐忍受强暴的涵量，倏然忽起狂吼的怒风，号召四山的响应，万树枝头都起暴动，簌簌的雪花不由得纷纷堕落，虽则越显得寒厉的"冬之残酷"，然而散见零星的翠色，好似美人的眉飞目舞，已确然见温情蜜意的"春之和畅"之先声。一干一枝拥着寒雪，只觉得冷凄凄的外围掩抑他的个性，渴望和润的幻想虽充满了他的内力，究不敌漫天盖地宇宙的伟力。等到万树长林，震荡巨波泛滥的风暴，才能群起蜂拥，摇展飞动。其时虽得不着内力充分的发展，——本是茫然蠢动，何尝立刻得饮春风中的甘露，却也如巨潮澎湃，嚣然不可复当，暗示天意的回转。何况他们占东半球大陆的领袖地位，居高临下，安镇乌拉岭崇峻的峰头，为大地之脊，上接飞舞的长云，下临寒澌的小流，暗示全世纪以宇宙伟大的动力呢。

长蛇蜿蜒的火车在乌拉岭上缓缓地游行，山色清新时时投入车窗，成飞掠转折翠白相间的画影。顺山麓西下的时候经一小站。在山坳密林的中间，当窗突然显现可爱的俄国乡村。琐居复凑的木屋，盖着一片白雪，中间矗立希腊教堂的塔影，铜顶的光彩闪烁不定，和四围万树的雪枝相语，只有午钟初动，传响山壑时，突然打断他们密密相诉的情话。车窗外有一老人，掘着铁轨中的死雪，模糊的须影里露着忠诚朴实的面貌，披着破旧油腻皮氅，把着铁铲，勤勤恳恳地一铲一铲抛那雪块。笑嘻嘻手搀手飞跑来了两个小孩，约莫七八岁。老人似乎和他们说着几句话，一个小孩就拿起雪铲帮着铲雪，那一个两手捧着雪块搬运；大约有十几分钟，铲雪的放下铲子，从破口袋里掏出来一块黑面包，捧雪的忙忙地抛下雪块赶来要着半块面包；两个小孩相对着吃，笑嘻嘻地似乎谈什么事情；忽然捧雪的捡起一块雪掷去，掷在那铲雪的肩上，两个又扭在一块，相打起来；一个翻倒在地，一个往前就逃，翻倒的站起来就追；那时老人举起铲子，只看见他蓬松胡须的嘴唇乱动，似乎说着一大篇话似的，小孩子却头也不回。我正看得出神，忽然"嘟"的一声汽笛，车已动了，那老人和小孩都渐渐不能看见了，只有那老人体力工作时和蔼沉静怡然自乐的笑容和小孩子活泼天真的神态，还在我心里留一印象。

22日晚下乌拉岭西麓。经小站，有一俄国村妇携着一筐鸡子要换食盐，——我们带的盐却很少——只得出三万苏维埃卢布买了她一百枚。问她为什么不愿意要钱，她说："这样的布尔塞维克的钱有什么用处，反正什么也买不着，只有外国人带点子'product'①来就换些用用。盐呢，糖呢，布呢，少得很呵。那……那花花绿绿的纸票，干什么！我们自己也是拿东西换东西，'上面'还不准呢。"从此往西，每站都稍须有些东

① product，英语，意即产品。

西买，只算是偷做的生意。伊尔库次克到乌拉岭，沿路火车站上是绝对没有小买卖。到此才见物物交换的原人经济。此后共产党改变经济政策，三年来喘息方定，才着手于经济改造，经济组织因工商业的恢复，或者渐渐地进步到现代的文明，建筑起共产主义社会的基础。（这已是1921年三四月间的话。）那时呢，还只见一般可怜的"偷做生意者"呵。23日晨，经维阿德嘉（Viatka）[①]，24日到复洛葛达（Vologda）[②]。愈往西愈近俄国的工业区，已出中世纪而进现代，所以西来渐渐觉着有生意，车站上往来的行人也穿着得比较好些，整齐些，不像东西伯利亚的穷窘形状了。简单的物质文明的进步观念，原来在人类文化上有很大的意义的。"克己复礼"[③]爱人如己地废除私有制，唯心的社会主义，究竟只侥幸他身家好，受祖父几世的教育文化，铸成这样社会主义家的慈善心肠，哪知就这点教育文化也是唯物的经济组织中剥削劳动而得来的呢。只有这一带新俄罗斯居民，因经济组织的落后，虽政权入了共产党之手，何尝就能全无私有观念的人呢。不仅如此，这一区（欧俄东部）入苏维埃版图，还在十月革命一年及一年半之后。风起潮涌的自由战激励他们驱逐地主，打破封建遗毒的偶像。等到农民得胜，初赖共产党的指挥操纵，分到了土地，小资产阶级心

---

① 维阿德嘉，现译维亚特卡。

② 复洛葛达，现译沃洛格达。

③ "克己复礼"，语见《论语·颜渊》："克己复礼为仁"。

里发现，屡次为白党利用扰攘多时。实际生活的教训和社会心理的内力如此之显著呵。唯心的"社会主义试验家"，也只好干笑罢了。

复洛葛达离彼得城600余俄里（一俄里抵中国二里），是北线（Sieverney ligne）的腰站，从此折往南470俄里就到莫斯科。

车轮雷碾，鼓动热烈的声浪，血气贲张，含着不定的希望，舞手蹈足似的前往，经俄国大河复尔嘉（Volga）[1]的上流，铁桥两面，望去已经隐约看得见两两三三的工厂的烟囱。25日早起，忙着整理什物，四十多天的火车生活快完了。天色清明，严肃的寒风，裹着拥锦的白云越发谨饬，宇宙含笑融容，都和煦我的心灵，使勿太沉寂。满目雪色长林，欣欣然迎我这万里羁客。苍苍的暮霭，渐渐地漫天掩地地下罩，东方故国送别的情意，涌出一丸冷月安慰我的回望。轮机轧轧，做谐和的震动，烟气蓬勃喷涌，扑地成白云缭绕；夹着木柴火烬地飞舞，犀犀在长林墨影冻堤白雪上显现灿烂勇武的"红光"，飞掠的车龙更抛拂它们成万条宛转的金翼。沿铁道两旁，行近莫斯科郊外的地方，夹着两排疏疏密密的雪树，车行拂掠着万条枝影前进，偶尔掠过林木的缺处，就突然放出晶光雪亮的寒月，寒芒直射，扑入车窗，如此闪闪飞舞突进，渐近莫斯科。

---

[1] 复尔嘉，现译伏尔加河。

已经遥遥看见城中电光明处，黑影中约略还辨得出喘息、稀微的工厂烟气。几分钟后已到莫斯科雅洛斯拉夫站（Yaroslavsky Wokzal）①。那时是1921年1月25日晚11时光景，太阴历的庚申年十二月十七。寒月当空，嘈杂的人声中，知道已到"饿乡"了。

赤国的都城也就是四世纪前俄罗斯莫斯科时代皇朝的旧宫。处于欧洲无产阶级"心海"的涛巅，涌着俄罗斯劳动者心血热浪，颠危震荡于资本主义风飓之中的孤岛已经三年有余了。"赤都"第一夕的心影，留一深切的印象，东方稚儿渐渐自觉他的内力，于人类文化交流之中求一灯塔的动机已开。

饿乡之"饿"如其不轧窒他的机栝，前途大约就可以见平风静浪的海镜，只待于百忙之中，将就先镇定了原人时代海运的帆篷舵索，稳稳地去探奇险。

社会革命怒潮中的赤都只是俄劳动者社会心理的结晶。社会结构的幼稚，或者可以说现代人类文化的程度不过如此，群众心理的表现，大部分还只能如婴儿饥渴求饮的感觉。三年以来，奔腾澎湃的热浪在古旧黑暗的俄国内，劳动者的"生活突现"，就只在勇往直前强力怒发地攻击，具体的实现成就这——"现代的莫斯科"。他们心波的起伏就是新俄社会进化的史事，他们心海的涵量就是新俄社会组织的法式。实际生活

---

① 雅洛斯拉夫站，现译雅罗斯拉夫站。

中的社会心理变迁再变迁，前进再前进，遥远的未来如果能允许俄国劳动者以胜利，也得先立条约：以他们在"实际生活学校"中的成绩作预支"胜利基金"的信用（credit）。

赤色的旗帜之下——新莫斯科——只能见很稀很少的唯心派社会主义试验法的痕迹。社会进化史是社会心理变迁的记录，就是只显露情感感觉流动的"阴影"；它不是社会思想、社会学说的学案，并无理性分别计较试验的公式图表，本来群众心理还非如个人心理之有理性意识（第六识）作用的表现。

一五

白雪的沉影下，盖着六层的大楼，一面遥对克莱摩（Kremlin）皇宫[①]的殿阙，一面俯接帝国大剧院院顶上雄伟的铜马，这是旧时莫斯科最大的旅馆，现时俄罗斯联邦苏维埃社会主义共和国的外交人民委员会。四层楼上，一间办公室，窗帘华丽而破旧，稀微的雪影时时投射进来；和软的沙发，华美的桌椅时时偶然沾着年久的尘埃，欣欣然地欢迎远客；打字机声滴滴答答不停，套鞋沾着泥雪在光滑可爱的地板上时时作响；办事员都裹在破旧的皮大氅里手不停挥地签字画押，忙忙碌碌往来送稿；兴兴勃勃热闹的景象中，只有大病初愈的暖气

---

① 克莱摩皇宫，现译克里姆林宫。

管，好似血脉尚未流通，时时偷着放出冰凉的冷气，微微的暗笑呢。这就是外交人民委员会东方司司长杨松（Yason）的办公处。杨松微微含笑对着远来的新客道："我们这里怎么样！……可是很冷呵，你瞧我穿着皮大氅办公呢。……中国的劳动人民自然是对我们表很亲密的厚意，可惜协约国封锁以来①，谣言四布，他们未必得知此地的实情，或多误会。诸位到此，正可为正直的中国人民一开耳目，为中俄互相了解的先声。我们能不竭诚欢迎吗！不过我们处于极窘急的经济状况，一切招待有不周到的地方，还请原谅……"

到莫斯科的第三天就得到外交人民委员会发给的"膳票"，并且派一人同往外交委员会的公共食堂。饭菜恶劣，比较起来，在现时的俄国还算是上上等的，有些牛油、白糖。同吃饭的大半都是外交委员会的职员。我看他们吃完之后各自包着面包油糖回去，因问一问同行的人。他说俄国现在什么都集中在国家手里，每人除办事而得口粮外，没处找东西吃用，所以如此。"譬如你们这种'双喜'烟，我已经一年多没抽到这样好的烟了。……你们通信，可不要写俄国的坏处呀……哼哼……"他忽然低声地问道，"你们有鸦片烟吗？"……"怎么！竟没有！……我听说此地的中国人常常有抽的……"公共

---

① 第一次世界大战时，俄国加入以英、美、法、日等国为一方的协约国；十月革命后宣告退出，上述各国即以协约国名义对俄进行武装干涉。

食堂是以前的旅馆，外交委员会职员大半都住在里面，却是很方便的。过不到几天（2月2日）外交委员会就派汽车送我们到一公寓。这公寓亦是旧时的旅馆"Knyaji Dvor"①。我们三人占了两间屋子。桌椅床铺电灯都很完全。草草收拾整理停妥，房间汽炉烧得暖暖的，吃饭在公寓里有饭堂。饱食暖居，凭窗闲望，金灿灿辉煌的大教堂基督寺的铜顶投影入目，四围琐琐的小树林，盖着寒雪，静沉沉地稳睡呢。这种物质生活的条件，虽然饮食营养太坏，亦满可以安心工作了。我想一切方便，都赖旧时旅馆的结构处置，公共居住公共消费，也可见资本主义给社会主义打得一好基础呵。可惜三四个月之后，劳农政府实行新经济政策②，食粮停发，饮食的方便，在我们公寓里，因此就消灭了。——这是后话。

东方稚儿已到饿乡了。回看东方的同胞在此究竟"如何"。我们到莫斯科十天之后，就刚值全俄华工大会。会中从俄国各地到的代表有近二百人。所代表的人数尽在欧俄的总有四万多。他们有从欧战时法国、德国逃回国没成而流落此地的，有向来在俄经商做工的。现在呢，工作的物质生活条件

---

① "Knyaji Dvor"，即"贵族宫"。

② 新经济政策，苏联于1921年至1936年间实行的区别于"战时共产主义"的经济政策。主要内容为：用粮食税代替余粮收集制，发展商业，在一定限度内允许私营经济存在，并以租让、租赁等形式发展国家资本主义等，以逐步建立社会主义的经济基础。

很窘，往往迫得营私舞弊。一百多代表中"识字知书"的很少，可是穿着倒还不错，——真可佩服的中国人的"天才"！然而他们听说我们来了，异常之高兴欢迎。长久不听见中国国内的消息，他们也正如渴得饮。我们随便谈谈国内的学潮，却也只激出几句爱国的论调。陈领事不敢出席，——不知因为什么，——各代表都不满意。会议中的要案，因为当时还禁止经商，大家都想回国，所以最重要的就是"回国问题"。——结果都推在领事身上。至于其余的组织问题，乱七八糟，不用说自然是中国式的组织！大会之中我因此得认识些中国侨工，后来也常往来。只可怜饿乡里的同胞未必认所居地为饿乡呵。

饿乡！饿乡！你还是磨炼我的心志，还是亏蚀我的精力呢？工作开始了，看着罢。

我们的工作条件是不很困难的。杨松介绍我们许多地方，可以搜集材料、访问要人。第一就见着俄罗斯共产党机关报《正道》（Pravda）①的主笔美史赤略夸夫（Mechtcherya-koff）②。他指示我们参观的手续，一切种种，从他开始。同

---

① 《正道》，现译《真理报》，苏联共产党中央委员会机关报。1912年5月5日创刊于彼得堡；1914年7月曾被沙皇政府封闭，1917年3月18日于莫斯科复刊。

② 美史赤略夸夫（1865—1942），现译美舍利亚科夫，曾任苏联国家出版局编辑委员会主席、苏联科学院通讯院士。

时东方司还派一翻译郭质生[①]，他懂中国话，生长在中国，所以有中国名字，虽然他不能译得很好，我们也另有英文翻译，亦是外交委员会派来的，自己又可以说几句俄文，本来用不着他，然而后来我同郭质生竟成了终身的知己，他还告诉我们许多革命中的奇闻逸事，实际生活中的革命过程。因此我们正式的考察调查从那天见美史赤略夸夫起，"非正式的"考察调查也从那天见郭质生起。

雄伟壮丽的建筑，静悄悄的画室，女郎三五携着纸笔聚在一处一处大幅画帧之下。——这是德理觉夸夫斯嘉画馆（Trityakovskay gallereya）[②]，我们在莫斯科第一次游览之处。那地方名画如山积，山水林树，置身其中，几疑世外。兵火革命之中，还闪着这一颗俄罗斯文化的明星。铁道毁坏，书报稀少，一切文明受不幸的摧折，于此环境之中，回忆那德理觉夸夫斯嘉（Pavel Mihailovith Trityakovskay，1832—1898，这画馆的首创者）的石像，还安安逸逸陈列在他死时病榻之处，正可想起"文化"的真价值。俄罗斯文化的伟大、丰富，国民性的

---

① 郭质生（1896—1979），本名维·斯·格罗戈洛夫，俄国人，出生于中国新疆，回国后在外交人民委员会工作，后来成为苏联汉学家，曾翻译《红楼梦》等小说，编纂《俄汉辞典》。

② 德理觉夸夫斯嘉画馆，现译特列嘉柯夫美术馆。设于莫斯科，收藏古代和近代的俄罗斯及苏联造型艺术作品。

醇厚，孕育破天荒的奇才，诞生裂地轴的奇变，——俄罗斯革命的价值不是偶然的呵！社会之文化是社会精灵的结晶，社会之进化是社会心理的波动。感觉中的实际生活教训，几乎与吾人以研究社会哲学的新方法。进赤俄的东方稚儿预备着领受新旧俄罗斯民族文化的甘露了。理智的研究侧重于科学的社会主义，性灵的营养，敢说陶融于神秘的"俄罗斯"。灯塔已见，海道虽不平静，拨准船舵，前进！前进！

一六

荒凉广漠的大原，拥抱着环回纡折的峦谷，冷风凄雨，严霜寒雪，僵绝的冰流嘶嘶地溅裂，飞舞的沙砾阵阵地扫掠，一切"天然"的苛酷累年积月，层层抑遏，却有兀傲猖狂的古树，翘然矗立于其中。臃肿的伟干，蜷曲的细枝，风伯雹神恨他的猖獗，严刑酷罚一日不离这"天然之叛贼"，飕飕微动就已震颤，点滴僵石，却又木然，唉！积威之下，难道他畏怯至此！年龄无量数，幅员无量大，经受尝试无量苦，——不知道天地的久长，宇宙的辽阔，鳏寡孤独的惨戚。只时时飕拂自己的万里长枝，零星琐叶，从容徘徊于此惨忍不仁的"天然"间。似乎是已经老态龙钟，枝叶猥琐，雨侵虫蛀，靡靡难振，然而又未尝闻斧斤之声而有丝毫转侧，受啄木之喙而起细微呻楚，确也崛然强项。只有凄微的风色，匿黯的日影，重云摩顶，孤鹊啼枝，添绘了几许悲愁的景象！回忆小阳春时几微流转些将近暖谷的和风，偶尔沾惠些尚未凝霜的甘露，虽则凄惨依然，预觉"严冬之恶神"狂暴，却还有余力做最后的奋斗，试一试防御的战术，居然能及时自显伟大的"春意之内力"；那时何等光荣！殊不知道一切都如梦呓，到而今枉然多此悲叹。然而！……然而这春意之内力，他是自信的，不过何日得充分发展，何道得出此牢笼，他那时也许未尝想及。然而……然而他是自信的，神圣的古树呵，自有他永不磨灭的自信力。

果不其然！在荒原万万里的尽端，炎炎南国的风云飙起，震雷闪电，山崩海立，全宇宙动摇，全太阳系濒于绝对破灭的危险恐怖，天神战栗，地鬼惊啸。此中却还包孕着勃然兴起，炎然奋焰，生动的机兆，突现出春意之内力的光苗，他吐亿兆万丈的赤舌，几乎横卷大空。我们的老树，冰雪的残余，支持力尽，远古以来积弱亏蚀，——况且赤舌的尖儿刚扫着他腐朽的老干，于是一旦崩裂，他所自信的春意之内力，趁此时机莽然超量地爆出，腐旧蚀败的根里，突然挺生新脆鲜绿的嫩芽，将代老树受未经尝试的苦痛。

可惜，狂波巨涛，既卷入深曲的港湾，转折力尽，又随"天然"的惰性律而将就渐静。赤舌的光苗于此渐黯渐黯。他国新林中的鲜芽受不足春之热力，又何从怒生呢？孤零零这一棵古树中的新枝，好不寂寞凄清。何况旧时残朽的枝叶，侵蚀的害虫，还有无数的遗留，苛酷的天然，依然如旧，或者暴风霹雳之后，天文的反动，更加暴虐苛刻，冷酷非常。春意的内力呵！你充满宇宙，暂借此一枝不自然，超其能量而爆发的新芽，略略发泄。还希望勇猛精进抗御万难，一往不返，尤其要毋负这老树兀岸高傲的故态呵！

跋

几世纪几千年的史籍，正像心血如潮，一刹那间已现重重的噩梦，印象稀微，何独不因于此。人类社会的现象萦回映带，影响依微，也不过起伏震荡于此心波，求安求静，恃生活力为己后援。一切一切都放在这"实际"上，好似群流汇合于心波的海底；任凭你飞溅临空，自成世界，始终只成一抽象的空间之点，水落时依然归于大空，不留半毫痕迹，那时自知枉然。

心海心波的浪势演成万象，错构梦影。醒时愈近，梦象愈真，亦许梦境愈恶。心海普通圆满，心波各趁奇势；所以宇宙同梦，而星神各自炫耀他自己的光彩。其中梦短者不必多羡长梦中的"旧时歌舞"，已可先见后来恶鬼的狞脸：——只须经过中加速几秒，跳过几重类似的梦影，——咱们同梦者还得同醒。假设心海的波涛，展荡周遍，"趋平"之机成熟，这自然是可能的。

唉！资本主义的魔梦，惊动了俄罗斯的神经，想求一终南捷径，早求清醒。可惜只能缩短分秒，不容你躐级陟登。西欧派、斯拉夫派①当日热烈地辩论，现在不解决自解决了。中国文运的趋向，更简直，更加速，又快到这一旧步。同梦同梦！东方文化和西方文化的交流，在俄在华原是一样，少不得必要打过这几个同样的盘旋。

我这东方稚儿却正航向旋涡，适当其冲，掌舵得掌稳才好。还有我个人心理的经过，做他浮桨前依拂的萍藻，更成交流中之交流；必得血气平静，骇浪不惊，又须勇猛镇定，内力涌现。

我寻求自己的"阴影"，只因暗谷中光影相灭，20年来盲求摸索不知所措，凭空舞乱我的长袖，愈增眩晕。如今幸而见着心海中的灯塔，虽然只赤光一线，依微隐约，总算能勉强辨得出茫无涯际的前程。何况孑然飘零，远去故乡，来此绝国，交通阻隔，粗粝噎喉，饿乡之"饿"，锤炼我这绕指柔钢，再加以父母兄弟姊妹，一切一切，人间的关系都隔离在此饿乡之"乡"以外。如此孤独寂寞，虽或离人生"实际"太远，和我的原则相背，然而别有一饿乡的"实际"在我这一叶扁舟的舷下，——罗针指定，总有一日环行宇宙心海而返，返于真实的"故乡"。

一九二一年十月稿竟。

---

① 西欧派、斯拉夫派，指19世纪产生于俄国的两种社会思想派别。西欧派，代表具有资产阶级自由主义思想的贵族地主阶级利益；斯拉夫派，代表保守的贵族地主阶级的利益。两派对俄国的未来发展道路存在分歧的意见。

这篇《游记》着手于1920年，其时著者还在哈尔滨。这篇中所写，原为著者思想之经过；具体而论，是记"自中国至俄国"之路程，抽象而论，是记著者"自非饿乡至饿乡"之心程。因工作条件的困难，所以到1921年10月方才脱稿。此中凡路程中的见闻经过、具体事实，以及心程中的变迁起伏、思想理论，都总叙总束于此（以体裁而论为随感录）。至于到俄之后，这两部分，当即分开。第一部分：一切调查、考察、制度、政事，拟著一部《现代的俄罗斯》，用政治史、社会思想史的体裁。第二部分：著者的思想情感以及琐闻逸事，拟记一本《赤都心史》，用日记、笔记的体裁。只要物质生活有保证，则所集材料，已经有极当即日公诸国人的，当然要尽力着手编纂，在我精力范围之内，将所能贡献于中国文化的尽量发表。成否唯在于我个人精力能否支持，——可是我现在已病体支离了。

瞿秋白志于莫斯科Knyaji Dvor病榻。

一九二一年十一月二十三日。

赤都心史（节选）

序

　　人生的经过，受环境万千现象变化的反映，于心灵的明镜上显种种光影，错综闪烁，光怪陆离，于心灵的圣钟里动种种音响，铿锵递转，激扬沉抑。然生活的意义于客观上常处于平等的地位，只见电影中继继存存陆续相衔的影像，而实质上却是一个一个独立的影片。宇宙观中尽成影与响，竟无建立主观的余地。变动转换，复杂万千，等到分析到极处，原无所"有"。然而同样的环境，各人各时各地所起印象各异，——此所谓"世间的不平等性"于实际生活上永存不灭，与世间同其久长。所以有生活，有生活的现象，有生活现象之历史的过程。生活现象之历史的过程既为实质之差异的印显，就必定附丽于一定的"镜面钟身"。于是已出抽象概括的问题而入具体单独的问题。缘此世间的不平等性而有人生经过可说。镜面之大小，钟身之厚薄，于是都为差异之前因。镜与钟的来处，锻炼时的经过，又为其大小厚薄之前因。历史的过程因此乃得成就。

东方稚儿熏陶于几千年的古文化中，在此宇宙思潮流转交会的时期，既不能超越万象入于"出世间"，就不期然而然卷入漩涡，他于是来到迅流瀑激的两文化交战区域，带着热烈的希望、脆薄的魄力，受一切种种新影新响。赤色新国的都城，远射万丈光焰，遥传千年沉响，固然已是宇宙的伟观、总量的反映。然而东方古国的稚儿到此俄罗斯文化及西欧文化结晶的焦点，又处于第三文化的地位，不由得他不发第二次的反映，第二次的回声。况且还有他个人人生经过做最后的底稿。——此镜此钟置之于此境此界，自然断续相衔有相当的回躬。历史的经过，虽分秒的迁移，也于世界文化上有相当的地位，所以东方稚儿记此赤都中心影心响的史诗，也就是他心弦上乐谱的记录。

《赤都心史》将记我个人心理上之经过，在此赤色的莫斯科里，所闻所见所思所感。于此时期，我任北京《晨报》通信记者的职务，所以一切赤国的时事自有继续的通信，一切赤国酌制度另有系统的论述，不入《赤都心史》内。只有社会实际生活，参观游谈，读书心得，冥想感会，是我心理记录的底稿。我愿意读者得着较深切的感想，我愿意作者写出较实在的情事，不敢用枯燥的笔记游记的体裁。我愿意突出个性，印取自己的思潮，所以杂集随感录，且要试摹"社会的画稿"，所以凡能描写如意的，略仿散文诗。材料的来源，都在我莫斯科生涯中，约略可以分作几种：杂记、散文诗（"逸事"）、读书录、参观游览记。"我心灵的影和响，或者在宇宙间偶然留纤微毫忽的痕迹呵！——何况这本小小的册子是我努力了解人生的印象。"

一九二一年十一月二十六日，莫斯科，集竟记。

一　黎明

沉沉的夜色，安恬静谧笼罩着大地。高烧的银烛，光地影昏，羞涩的姮娥[1]，晚妆已卸；酒阑兴尽，倦舞的腰肢，已经颓唐散漫，睡态惺忪，渴涩的歌喉，早就澜漫沉吟，醉呓依微。兴高采烈，盛会欢情，极人间的乐意，尽人间的美态，情感舒畅，横流旁溢，"流连而忘返"，将当年"复生"的新潮所创造的"人间美"，渐渐恶化，怠化，纵恣化。清歌变成了醉呓，妙舞已代以淫嬉，创造的内力已自趋于磨灭。一切资产阶级的艺术文化渐渐地隐隐地暴露出他的阶级性：市侩气。地轴偷转，朝日渐起，任凭你电花奇火有几万万光焰，也都濒于夺光失彩的危怖。几分几秒后，不怕你不立成"爝火"的微光。黎明来临，预兆早见，然而近晓的天色几微，鱼肚惨色渐

---

① 姮娥，即嫦娥。

转赤黑愁黯的霞影时，反不如就近黄昏的夕阳！游荡狂筵的市侩乐，殊不愿对于清明健爽的劳作之歌让步。何况夜色的威权仍旧拥着漫天掩地的巨力，现时天机才转，微露晨意，未见晨光，所显现的只是黎明的先兆，还不是黎明呢。鱼肚之光，黑霞之色，本来是"夜余"而又是"晨初"呵。

人类的文化艺术，是他几千百年社会心灵精彩地凝结累积，有实际内力做他的基础。好似奇花异卉受甘露仙滋的培植营养：土壤的膏腴，干枝的壮健，共同拥现此一朵蓓蕾。根下的泥滋，亦如是秽浊，却是他的实际内力的来源；等到显现出鲜丽清新的花朵，人人却易忘掉他根下的污泥。——社会心灵的精彩，也就包含在这粗象的经济生活。根本方就干枯，——资产阶级经济地位动摇，花色还勉留几朝的光艳。新芽刚才突发，——无产阶级经济权力取得，春意还隐于万重的凝雾。

那将来主义①，俄罗斯革命后而盛行的艺术上之一派，——是资产阶级文化的夜之余，无产阶级文化的晨之初；他是春阑的残花，是冬尽的新芽；凝雾外的春意暂时委曲些儿，对着那南风中的残艳，有无愧色？……固然！然而，夜阑时神昏意怠的醉荡之舞，看来已是奄然就息；那黎明后清明爽健的劳作主歌，还依稀微忽。当然仅觉着这目前沉寂凄清的"奇静"，好不惨惋。可是呢……悄悄地里偶然遥听着万重山

---

① 将来主义，亦称未来主义或未来派，西方现代艺术流派之一。

谷外"新曲"之先声，又令人奋然振发，说：黎明来临……黎明来临！

莫斯科的德理觉夸夫斯嘉画馆里，陈列著名的俄国画家，如联萍①等的手笔，旧文化沙砾中的精金，悠游观览，可以忘返。于此间突然遇见粗暴刚勇的画笔，将来派的创作，令人的神意由攸乐一变而为奋动，又带几分烦恼：粗野而有棱角的色彩，调和中有违戾的印象，剧动愤怒的气概，急激突现的表现，然而都与我以鲜、明、动、现的感想。前日，我由友人介绍，见将来派名诗家马霞夸夫斯基②，他殷勤问及中国文学，赠我一本诗集《人》。将来派的诗，无韵无格，避用表词，很像中国律诗之堆砌名词、形容词，而以人类心理自然之联想代动词，形式约略如此，至于内容，据他说和将来派的画相应，——他本来也是画家。我读他不懂。只有其中一篇《归天返地》，视人生观似乎和佛法的"回向"相仿佛。家乐剧院更取将来主义入演剧的艺术，一切旧规律都已去尽，亦是不可了解。新艺术中的有政治宣传性者，如路纳察尔斯基③的《国民》一剧，我曾经在国家第二剧院，——旧小剧院看过，所用布景，固然是将来主义，已经容易了解些，剧本的内容却并非

---

① 联萍（1844—1930），现译列宾，俄国画家。

② 马霞夸夫斯基（1893—1930），现译马雅可夫斯基，苏联诗人。

③ 路纳察尔斯基（1875—1933），现译卢那察尔斯基，苏联文艺评论家、作家。

神秘性的，而是历史剧，演古代罗马贫民革命，且有些英雄主义的色彩。昨日到大剧院，一见旧歌剧花露润融，高吟沉抑，旧艺术虽衰落不少——据俄国人说如此，——却一切美妙的庄丽的建筑艺术都保存完好。

危苦窘迫、饥寒战疫的赤都，文化明星的光辉惨淡，然而新旧两流平行缓进，还可以静待灿烂庄严的将来呢。

一九二一年二月十六日。

一一　宗教的俄罗斯

愁惨的阴云已经散尽，凝静的死雪已经化完，赤色的莫斯科渐渐融陶于明媚的春光。蔚蓝的天色，堆锦的白云，春气欣欣，冷酷的北地风雪已化为乌有了。基督救主庙壮丽的建筑，辉煌的金顶，矗立云际，依然昂昂突显神秘的奇彩。庙旁旷园，围着短短的灌林，初春的花草，鲜黄嫩绿，拂拭游春仕女的衣袂。

俄友郭质生来谈，说今天是俄国旧历复活日曜日，家家都插"瘦柳"，教堂中行大礼拜呢，因邀我们去看。希腊教的仪式，却是中国人的基督教观念中所没有的。

莫斯科最大的教堂——基督救主庙，建筑伟丽，雕刻画像都有很大的艺术上的价值。我们进去的时候，人已很多，每人手中都拿着一握"瘦柳"。只见十余丈高的堂顶上，画着非常之伟丽的耶稣像，四壁辉煌金彩，中间成一十字甬道，甬道的一端，正中有大理石龛，龛前（十字甬道之前）二角有两台：一经筵，一歌筵；十字甬道之他端是庙门，此处和经筵歌筵相对又有两座：左为国皇座，右为神父座。救主庙的神父，是全俄最高神父，革命前受国库供养，统辖全国教堂事务，所谓"国家中之国家"。十月革命后教制仍存，不过与国家政府绝对脱离关系，单受信教徒的供给。我们在教堂中站着不多时，人渐拥挤，最高神父到了。只见一老者穿着银色长袍，仿佛中国的道士服装，旁有两侍者，服装相类。一侍者手执香炉，垂着银索，在前一面走着，一面荡着，领导最高神父走向祭坛，歌筵上立刻就唱起圣歌来。大礼拜式就此开始。随后神父走到堂中向众画三次十字，一侍者展开斯拉夫文《圣经》，放在他前，高声朗读。如此种种仪式，延长有两小时余。

我们回到寓所，郭质生问我有何感想。我说仿佛不在欧洲。他笑着说俄国东方文化很深，大多数农民群众，迷信得很呢。——革命之后才稍好些。诚然不错，希腊教仪式竟和中国道教相似。

农民因俄国旧文化的缘故，守旧而且愚昧。据郭质生说：十月革命初期，各地乡村中农民奋起，高呼分权万岁，各村通行须有当地地方政府的执照，如此者三月。后来国内战争剧烈，农民少壮都受征调，政府派遣食粮军收集食粮，农民才渐渐忘掉苏维埃政府分给土地驱逐地主的政策而起怨愤之心。现时新经济政策初实行，还时时听见农民反抗的事——他们还不十分相信呢。然而革命前俄国人民有百分之七八十不识字，如今识字者的数目一跃而至百分之五十。最大的原因有两个：（一）二月革命后政局上不断地起非常之巨大的剧变，虽然沉寂的乡僻地方也渐渐有得政治消息的兴趣，各党宣传者多四出散给报纸。（二）退伍兵士，从战线回家，思想已大改变。——因此现在农民对于宗教的关系稍淡，思想上的改造，已经要算大功告成了。

四月二十三日。

一九　南国
——"魂兮归来哀江南"（庾信）[1]

阴晴不定的天色，凄凄的丝雨，心神都为之忧黯……污滑的莫斯科街道，乱砌的石块，扰扰行人都因之现出跛相。街梢巷尾小孩子叫唤卖烟的声音，杂货铺口鱼肉的咸味，无不在行人心理上起一二分作用。

钟表铺前新挂起半新不旧的招牌，也像暗暗的经受愁惨的

---

[1]　庾信（513—581），字子山，南阳新野（今属河南）人。北周文学家。

况味。我走进铺门，只见一老者坐在账台旁，戴着近光眼镜，凄迷着双眼，在那里修表呢。旁坐一中年妇人接着我的表嘻嘻地说道：

——呵，你们未开"大会"的，预备回去宣传无产主义么？

我笑着回答她不是的。她还不信呢。后来又说："不错不错，中国也用不着宣传，——在中国的资本家都是英国人，和我们从前一样，德国人在此占'老爷'的地位，咱们大家都当小工！现在又兴租借地了，和你们中国差不离。"我说，你们有苏维埃政府呢。她默然一晌，笑一笑，就不言语了……

我回寓来觉着更不舒服。前几天医生说我左肺有病，回国为是。昨天不是又吐血么？七月间病卧了一个月，奄奄的生气垂尽，一切一切都渐渐在我心神里磨灭……还我的个性，还我为社会服务的精力来！唉！北地风寒积雪的气候，黑面烂肉的营养，究竟不是一片"热诚"所支持得住的。

万里……万里……温情的抚慰，离故乡如此之远，哪能享受。习俗气候天色，与故乡差异如此之大，在国内时想象之中都不能假设的，漫天白色，延长五月之久，雪影凄迷，气压高度令人呼吸都不如意。冰……雪……风暴……哪有江南春光明媚、秋花争艳的心灵之怡养。

可是呢，南国文物丰饶也不久（其实是已经）要成完全的殖民地，英国"老爷"来了……想起今晨表铺主人的话，也许有几分真理……

梦吘模糊，焦热烦闷，恍恍惚惚仅有南国的梦影，灿黄的菜花，清澄的池水……桃花……

唉！心神不定，归梦无聊。病深了！病深么？

八月五日。

二〇　官僚问题

俄国社会问题从19世纪以来，除90年时代勃然兴起的劳工问题外，向来在社会思想中占极重要位置而不得解决的还有三个问题：智识阶级问题、农民问题、官僚问题。封建遗毒，东方式专制政体，使官僚问题种得很深的根底。葛葛里（Gogol）的《巡按》[1]，俄国官僚社会的肖像，几十年，因有社会经济的根源，只在变化不在消灭，革命的巨潮如此凶猛尚且只扫刷得一些。无产阶级新文学中已有"新葛葛里"出现，共产党报纸上努力地攻击官僚主义呢。

一小学女教师值学校停课，所领口粮不够生活，因就一临时讲席，原来的口粮也没辞去。农工检察人民委员会，委派整理职员予以考核的时候，这位女教师不得不受审判，争辩的结

---

[1]　葛葛里（Н. В. Гоголь，1809—1852），现译果戈理，俄国作家。著有小说《死魂灵》等。剧本《巡按》，现译《钦差大臣》。

果，反得知审判官中每人至少也得七份口粮呢。

郭质生和我说：有一营官兼营中政治文化委员会会员，不知怎么样作弊得五百万苏维埃卢布，营长及委员长两人最初假装作不知道。此后营官赂赠营长妻以地毯，却骗了委员长。营长及委员长两位长官的夫人彼此谈起来，委员长夫人吃起醋来了！于是这件事就此发作。营官的老母托质生去看他，他对着质生凄然地说道：

——听说判决死刑……枪毙……枪毙……难道我的命只值五百万……五百万么？……

八月十二日。

二一　新资产阶级

无产阶级政府命令如箭地飞来，"店老班"的肚子如牛地胀起。

一月半前有一共产党的亲戚开了一咖啡馆，托一朋友雇跑厅的女郎，道：

——每月十五万卢布，每天两小时的工作，……嘻……嘻，额外钱"在咖啡馆"里他们自己还可以另赚，只要会……请你留心替我找一找。

郭质生——虽是"非政治主义者"，然而始终是热烈的

"忏悔的贵族"，嫉视市侩主义的文化——他听说这件事，暗含隐语地说道：

——现在又多一出路了。你中国的道学家！以为资产阶级，上等社会清高得很呢，你看，现在俄国机关有多少女郎！战前向来没有过。第一次外交部有女官，大家还诧异呢。现在这班"女官"你想她们怎么样。早晨上衙门，外交委员会呀，教育委员会呀，下半天"公余"，赶紧重新梳掠涂抹起来，上咖啡馆当女役去！又是一条出路！你还不知道，革命时资产阶级破产，这些女孩儿家，速记生，打字生……怎样得上衙门去的呢，革命了，炮火连天。家里一个钱也没有，生意做不成，工厂没收了，丈夫在战线上不得回来，一个女人家年纪又老了，……要吃要用，怎么办呢？嗯！哼……女儿十八九岁了，……一清早梳掠同着女儿去看一看"熟人"新任的委员，主任，"怎么样呢！困难得很……想一方法，请你给女儿弄个位置罢，啊哎！"……委员长看一看，眯细着眼说："好……好，哈……哈！我给你们想法，给你们想法。……"于是成功了，有口饭吃。现在呢……现在呢……新经济一开放商业，哼……"旧的"更倒到"底下"去，新的更爬到"上头"来。

说得好急激，好急激，……未免刻毒。

和质生说完之后，顺路出来，天色已近薄暮，暗地里隐约见前面两个人影，一面走着谈天呢：

——啊！我今日忘了戴"白手套"，出得手汗，好不难受。……你的事怎么样？"得意"么？

——我给他二百万卢布股份，他还请加。我想他那买卖利钱太少，算了罢。

新资产阶级发生起来，应着"资本最初积累律"，社会生活的现象中也就随之发现种种"新式"。戏院（私人的），咖啡馆，饭馆，照相馆，市场经济越发扩张了，技师就私人企业家聘请的每月动辄百余万了。

国家工厂企业也完全改成"每一企业为一法人"的原则，竭力增加生产力，设许多国立托拉斯[①]，种种专利制，——以与私人经济竞争。不但如此呢，政权把得稳稳才好。

前一月小商人自由集会于赤场，要想立新提嘉（syndicat）[②]，当时被苏维埃警察驱散。又一次选举商会，会长每月薪金一百五十万，会员一百万。——总共五人，说要"整理"市价，想做投机总机关，又被政府禁止，听说不久就要有合法的商人组织起来呢。——非得使他在国家市政监督之下不可。

八月十五日。

---

①　国立托拉斯，苏联工业的组织形式之一，包括生产企业及为它服务的运输、储藏等企业。

②　新提嘉，现译辛迪加，资本主义垄断组织形式之一，与托拉斯相类似。

二四　民族性

　　旱灾非常之可惊；要征取新资产阶级的慈善捐，不如使他们自掷"缠头[①]""孤注"，国家跑马厅因此又开跑马赛会，抽头[②]赈济灾民。

　　我因病懒懒的不能去看，宗武去参观归来，告诉我许多很有趣味的事。

　　跑马厅中赌注下得很大，竟有百余万[③]一次的输赢，——新资产阶级的生长竟如此之敏捷，豪举胜事，固不必说，只要真有益于饥民。

　　座中有一老妇，和宗武谈起，她怎样知道马的好坏；每次她都说得中，谁胜谁败；并说，观时居然留着几匹名马，革命前他就看她们跑的，——她是一跑马厅赛赌老内行；宗武因听她口音别致，问起来，原来是匈加利[④]人。——不知道怎么样，流落在俄的匈加利资产阶级，在此经过两次革命，受尽磨折，难怪她肆评俄国民族：

---

　　①　"缠头"，指赠送给歌舞者的财物。

　　②　抽头，一般指聚赌时从中抽取的头钱，此处指跑马厅营业税收之类。

　　③　那时一万苏维埃卢布约值中国二角钱。——作者原注。

　　④　匈加利，现译匈牙利。

——我不是俄国人。俄国人还了得，弄了个劳农政府，教人表亦随便带不得，真正有趣！……唉！不必说起。你瞧，这沿街的小孩子，卖纸烟，不受教育，哼，农村里去看看，农民蠢得像猪一样，个性不发达，有事一哄一大群，谁亦不知道究竟怎么一回事，可是居然哄起来了；再则他们一面要地，怕地主，地到了手，政府问他们要食粮，又舍不得了！真奇怪的民族……

九月十三日。

三二　家书

前几天我得着北京来信，——是昀弟的手笔，还是今年三月间发的，音问梗塞直到现在方来。他写着中国家庭里都还"好"。唉！我读这封信，又有何等感想！一家骨肉，同过一生活，共患难艰辛，然而不得不离别，离别之情反使他的友谊深爱更沉入心渊，感切肺腑。况且我已经有六个月不得故乡只字。于今也和"久待的期望一旦满足"相似，令人感动涕泣，热泪沾襟了。

然而，……虽则是如杜少陵所言"家书抵万金"①，这一

---

① 杜少陵，杜甫（712—770），字子美，唐代诗人。因家居少陵原之东，自称少陵野老。所引诗句见他的《春望》。

封信，真可宝贵：他始终又引起我另一方面的愁感，暗示我，令我回想旧时未决的问题；故梦重温未免伤怀呵。问题，问题！好几年前就萦绕我的脑际：为什么要"家"？我的"家"为了什么而存在的？——他早已失去一切必要的形式，仅存一精神上的系连罢了！

唉！他写着"家里好"。这句话有什么意思？昀白，昀白，你或者是不愿意徒乱我心意罢了？我可知道。我全都知道：你们在家，仍旧是像几年前，——那时我们家庭的形式还勉强保存着，——那种困苦的景况呵。

我不能信，我真不能信……

中国曾有所谓"士"的阶级，和欧洲的智识阶级相仿佛而意义大不相同。在过去时代，中国的"士"在社会上享有特权，实是孔教徒的阶级，所谓"治人之君子"，纯粹是智力的工作者，绝对不能为体力劳动，"手无缚鸡之力"的读书人。现在呢，因为中国新生资产阶级，加以外国资本的剥削，士的阶级，受此影响，不但物质生活上就是精神生活上也特显破产状况。士的阶级就在从前，也并没正式地享经济特权，他能剥削平民仅只因为他是治人之君子，是官吏；现在呢，小官僚已半文不值了，剥削方法换了，不做野蛮的强盗（督军），就得做文明的猾贼（洋行买办）；士的阶级已非"官吏"所能消纳，迫而走入雇佣劳动队里；那以前一些社会特权（尊荣）的副产物——经济地位，就此消失。并且，因孔教之衰落，士的阶级并社会的事业也都消失，自己渐渐地破坏中国式的上等社会之礼俗，同时为新生的欧化的资产阶级所挤，已入于旧时代"古物陈列馆"中。士的阶级于现今已成社会中历史的遗物了。

我的家庭，就是士的阶级，他也自然和大家均摊可怜的命运而绝对地破产了。

我的母亲为穷所驱，出此宇宙。只有她的慈爱，永永留在我心灵中，——是她给我的唯一遗产。父亲一生经过万千痛苦，而今因"不合时宜"，在外省当一小学教员，亦不能和自己的子女团聚。兄弟姊妹呢，有的在南，有的在北，劳燕分飞，寄人篱下，——我又只身来此"饿乡"。这就是我的家庭。这就是所谓"家里还好"！

问题，问题！永不能解决的，假使我始终是"不会"生活，——不会做盗贼。况且这是共同的命运，让他如此，又怎么样呢？

总有那一天，所有的"士"无产阶级化了，那时我们做我们所能做的！总有那一天呵……

十一月二十六日。

三三 "我"

秋白的"我"，不是旧时代之孝子顺孙，不能为现代"文明"所恶化；固然西欧文化的影响，如潮水一般，冲破中国的"万里长城"而侵入中国生活，然而……然而这一青年的生活自幼混合世界史上几种文化的色彩，他已经不能确切地证明自己纯粹的"中国性"，而"自我"的修养当有明确的罗针。况且谁也不保存自己个性抽象的真纯，——环境（亦许就是所谓"社会"）没有不生影响的。

然而个性问题有渊深的内性：有人既发展自我的个性，又能排除一切妨碍他的、主观的，困难环境而进取，屈伸自如，从容自在；或者呢，有人要发展自己的个性，狂暴愤怒面红耳赤地与障碍相斗，以至于失全力于防御斗争中，至于进取的创造力，则反等于零；或者呢，有人不知发展他的个性，整个儿地为"社会"所吞没，绝无表示个性的才能。——这是三种范畴。具体而论，人处于各种民族不同的文化相交流或相冲突之时，在此人类进步的过程中，或能为此过程尽力，同时实现自我的个性，即此增进人类的文化；或盲目固执一民族的文化性，不善融洽适应，自疲其个性，为陈死的旧时代而牺牲；竟或暴露其"无知"，仅知如蝇之腐臭，汩没民族的个性，戕贼他的个我，去附庸所谓"新派"。三者之中，能取其哪一种？

如此，则我的职任很明了。"我将成什么？"盼望"我"

成一人类新文化的胚胎。新文化的基础，本当联合历史上相对待的而现今时代之初又相补助的两种文化：东方与西方。现时两种文化，代表过去时代的，都有危害的病状，一病资产阶级的市侩主义，一病"东方式"的死寂。

"我"不是旧时代之孝子顺孙，而是"新时代"的活泼稚儿。

固然不错，我自然只能当一很小很小无足轻重的小卒，然而始终是积极的奋斗者。

我自是小卒，我却编入世界的文化运动先锋队里，他将开全人类文化的新道路，亦即此足以光复四千余年文物灿烂的中国文化。

"我"的意义：我对社会为个性，民族对世界为个性。

无"我"无社会，无动的我更无社会。无民族性无世界，无动的民族性，更无世界。无社会与世界，无交融洽作的、集体而又完整的社会与世界，更无所谓"我"，无所谓民族，无所谓文化。

十二月三日。

三四　生存

仅只一"生存"对于他（腊斯夸里尼夸夫[①]）总觉不足，他时时要想再多得一些。

——《罪与罚》，笃思托叶夫斯基

电灯光射满室，轻轻地静静地挥舞他的光线，似乎向我欣然表示乐意。基督救主庙的钟声，在玻璃窗时时震动回响，仿佛有时暗语，我神经受他的暗示。我一人坐着，呆呆地痴想。眼前乱投书籍报章的散影，及小镜的回光。我觉得，心神散乱，很久不能注意一物。只偶然有报上巨大的字母，乌黑的油印能勉强入我眼帘。

我想要做点事情，自己振作振作，随手翻开一本抄本，上有俄文字注着英法中文，还是我一年半以前所抄写的。随意望着抄本看去。当然，我看这抄本并不是因为我又想研究这些俄文字，不过想有点事情做，省得呆坐痴想，心绪恶劣。然而……然而你瞧，我又出神。我竟不能正正经经用功，怎么回事？……

我看见抄本上有：——mentir、lie、诳言等字，不禁微微

---

①　腊斯夸里尼夸夫，现译拉斯柯尔尼科夫，小说《罪与罚》中的主人公。

地一笑，——想必当时也没有知道"为什么而笑"。

——什么，你笑什么？——忽然听得有人在背后叫我。我吓得四周围看了一看：在屋子里面一个人亦没有。只有一只老白猫坐在地板上，冷冷的嘲笑的神态，眼不转睛地望着我。

"难道这是它说的？"我心上不由得想着，又用心看好了那白猫，听它再说不说。"奇怪！真奇怪！怎么猫亦说起人话来呢！"嗯！又听着：

——你心上喜欢，高兴，你以为，你勉强地懂得几国文字了。（哼，我们看来，当然，还不过是大同小异的"人"的声音罢了；或者是白白的一块软东西上，涂着横七竖八的黑纹。）怎么样？是不是？哼，几国文字！……你可知道，每一国的文字都有"讹言"一字！可是我们"非人"的字典上却没有这一个字。本来也没有字，更没有字典。哼……

说到此时，床下似乎有一点响动，我的神秘的猫突然停止了，竖起双耳，四围看了一周，我当时也就重新看起书来，想不再理它。本来太奇怪了，我实在再也听不来这样的兽语，然而它，似乎很不满意我的这种态度，突然又提高着喉咙演说起来：

——哈哈！你以为你"活着"么？懂得生活的意义么？——它狂怒似的向着我，又接下道，——不要梦想了，再也没有这一回事！你并没有"活着"，你不过"生存着"罢了；你和一切生存物相同，各有各的主观中之环境，而实际上并不懂得他。你现在有很好的巢穴，里面有人工造的明月，还有似乎是一块软板，上画着花花绿绿的黑油（我也不知道是什么）；坐着呢，很不自然地抬起两只前腿，不坐在地上，而坐在似乎是"半边笼子"里；天赋的清白身体藏在别人的皮毛里；最奇怪的，就是燃着了不知是什么一种草，尽在那里烧自己的喉咙。这就是你的环境。我知道，我很知道，你以为这样非常之便利，非常之好。非常之好！又怎么样？不错，"这些"便利之处，原是你"人"自己造出来的；可是，一人为着"这些"而不惜毁坏别人的"这些"；你们，"人"，互相残杀，也是为着"这些"。不但如此，即使你"人"看着这种行为，以为很有趣，也像我和鼠子一样，——残杀本不是罪恶；而"讹言"呢，奸计呢，难道是神圣的？"人"原来是这样一个东西！为了什么？……生存在这种环境之中，"有种种便利之处"可以享用，而还是要想再多得一些，再多得一些，再多得一些！你无论如何不懂得：一面积聚许多人造的"便利之处"，一面就失去"天然的本能"，"与天然奋斗的本能"，而同时你的欲望倒是一天一天地在那里增高扩大呢。于是为满足这种欲望起见，又不能与天然直接奋斗，你于是想法骗人；讹言，奸计。不要脸的混账的"人"！自然呢，这样方法的生活，不是人人都能做得到的，谁要是不会这样生活，那人就倒霉。你看，现在你不是心绪不好，呆呆地痴想、忧愁、烦闷么？这才是你所要的"再多得一些"呢，哈哈哈。我，猫呢，却无时没有现成的衣服、观成的灯烛：日与月。我用不着什么"再多得一些"……

——可耻，可耻，"人"，你的"人"！混账，混账！没有才能的、不知恩的、最下贱的自欺者——"人"！——猫说到此，声音更响，竟哈哈大笑起来。

我再也忍耐不住了，站起来要去打它，然而一闪眼，它已经不见了。一看呀，它已经逃得很远很远。"我是个'人'，当然不能追得上它那又小又轻便的无汽机的汽车，无电机的电车。算了罢，算倒霉！"叹一口气，醒来，满身是汗，——原来是一梦。

十二月十日。

三五 中国之"多余的人"

……我大概没有那动人的"心"！那足以得女子之"心"；而仅仅赖一"智"的威权，又不稳固，又无益……不论你生存多久，你只永久寻你自己"心"的暗示，不要尽服从自己的或别人的"智"。你可相信，生活的范围愈简愈狭也就愈好……

——《鲁定》[1]屠格涅夫

---

① 《鲁定》，现译《罗亭》，屠格涅夫著的长篇小说。

圣人不患苦难，而患疾病。①

——《墨子》

病魔，病魔！自七月以来，物质生活渐渐地减少，——优待食粮因新政而改付值办法；智力工作更无限制地增加。于时，我更起居无时——不是游息的"无时"而是劳作的"无时"，饮食不节——不是太多的"不节"，而是太少的"不节"。疾病的根底一天一天埋得深了。"我难道记忆力，论断力都失了么？……让我想一想看。"病卧几天，移我入此高山疗养院。

静静的寝室，窗儿总是半罅着；清早冷浴；饮食有定量定时；在院中雪下强睡；量药称水有人专值；晚间偶坐厅中笑语，医生演讲病源、病状、医术；有时还请人歌唱演剧奏琴，做娱乐——有一定的规则。谁也不能违背。"此间是军国主义式的统治，医生独裁制……"科学的威权至高无上。我对于这一切最初绝无感想，——不会感想；念念"用智"，"出院后某天当做某事……"如此一秒钟都不能停息。

四五天来——我是12月15日进院的，精神才渐渐地清晰，回忆复活；低回感慨缠绵悱恻之情，故乡之思隐约能现。……咦！

---

① 此句原作"圣人恶疾病，不患危难"，语见《墨子·大取》。

咦！我生来就是一浪漫派，时时想超越范围，突进猛出，有一番惊愕歌泣之奇迹。情性的动，无限量，无限量。然而我自幼倾向于现实派的内力，亦坚固得很，"总应当"脚踏实地，好好地去买练明察，必须看着现实的生活，做一件事是一件。理智的力，强行裁制。我很知道，个性的生活在社会中，好比鱼在水里，时时要求相适应。这我早就知道！二十余年来的维新的中国，刚从"无社会"状态出来，蒙眬双眼，——向没有见着自己的肢体肤发，不用说心肝肺脏了，他醉睡中的存在，比消灭还残酷。如何不哑哑要求现实精神呢。然而"刚从无社会状态出来……"可知是开天辟地草创的事业。此中的工作者，刚一动手，必先觉着孤独无助：工具破败，不堪适用，一切技术上的设备，东完西缺，总而言之，这是中国"并非社会压迫个性而为社会不助个性"之特别现象。自然而然，那特异伟力超越轨范的需要也就紧迫。两派潮流的交汇，湍洄相激，成此漩涡——多余的人[①]。

　　假使有人在此中能兼有并存两派而努力进取，中国文化上

---

　　①　多余的人，原是19世纪俄国文学中反映的贵族知识分子的一种典型。他们在沙皇专制政体和农奴制下，感到生活窒息苦闷，不愿与上流社会同流合污，但又因为远离人民，无法摆脱贵族立场，缺乏生活目标，不能有所作为。如普希金《叶甫盖尼·奥涅金》里的奥涅金、屠格涅夫《罗亭》里的罗亭，都是"多余的人"的代表。

未始不受万一的功劳。然而"我"，——是欧华文化冲突的牺牲，"内的不协调"，现实与浪漫相敌，于是"社会的无助"更断丧"我"的元气，我竟成"多余的人"呵！噫！忏悔，悲叹，伤感，自己也曾以为不是寻常人，回头看一看，又有什么特异，可笑可笑。应当同于庸众。"你究竟能做什么，不如同于庸众的好"，理智的结论如此；情性的倾向却很远大，又怎样呢？心与智不调，请寻一桃源，避此秦火。……"然而，宁可我溅血以偿'社会'，毋使'社会'杀吾'感觉'。"……

噫！心智不调。无谓的浪漫，抽象的现实，陷我于深渊；当寻流动的浪漫，现实的现实。不要存心智相异的"不正见"①，我本来不但如今病，六七年来，不过现实的生活了，心灵的病久已深入，现在精神的休养中，似乎觉得：流动者都现实，现实者都流动。疗养院静沉的深夜，一切一切过去渐渐由此回复我心灵的旧怀里；江南环溪的风月，北京南湾子头的丝柳。咦！现实生活在此。我要"心"！我要感觉！我要哭，要恸哭，一畅……亦就是一次痛痛快快地亲切感受我的现实生活。

十二月十九日。

---

① "不正见"，也称"恶见"，佛经中用语。指佛教徒认为不正当的主张。

呐喊人生
鲁迅

实用人生
潮汐

恬适人生
周作人

颠沛人生
郁达夫

热烈人生
萧红

理性人生
李清

纯厚人生
叶圣陶

清澈人生
冰心

跌宕人生
丁玲

淡泊人生
俞平伯

温静人生
朱自清

浪漫人生
徐志摩

雅致人生
梁实秋

潇洒人生
梁遇春

艺术人生
丰子恺

淳朴人生
沈从文

坦荡人生
瞿秋白

激进人生
闻一多

漂泊人生
萧红

画梦人生
何其芳

人生文丛
看纷绘世态 读各色人生

花城出版社
FLOWER CITY PUBLISHING HOUSE

花城微店

四九　生活

世界是现实的，人是活的。

生活是"动"，求静的动，然而永不及静的。正负两号在代数中是相消的，在生活中是相集的。进取工作，脑血筋力鼓动膨胀发展时，人觉积极的乐意，——是生活；疲惫怠荡弛缓时，人觉消极的休息，——是死灭。这第一式中虽相对，然而凡"一切动时一切生"。动而向上，动而向下，两端相应，积极消极都是动。所以欣然做工者，憩然休息者，愤然自杀者都在生活中。永不及静，是以永永的生活。

不动不生，又要不死不灭，不工作，不自杀，处于生与死两者之间，是不可能的。

既然如此，"动"而"活"，活而"现实"。现实的世界中，假使不死寂——不自杀，起而为协调的休息与工作，乃真正的生活。

"工作为工作"是无意味的，必定有所得。——其实"为工作的工作"固然有无上的价值，然而也不能说无所得，"动的乐意"即是所得。动的，工作的"所得"之积累联合，相协相合而成文化。文化为"动"——即生活的产儿。文化为"动"——即生活的现实。

所以，——为文化而工作，而动，而求静——故或积累，或灭杀，务令于人生的"梦"中，现实的世界。凡是现实的都是活的，凡是活的都是现实的；新文化的动的工作，既然纯粹在现实的世界，现实世界中的工作者都在生活中，都是活的人。

三月二十日　莫斯科高山疗养院。

第二辑

火的叫啸

中国平民若还有点血气，无论如何总得保持我们汗血换来的吃饭权。全国平民应当亟亟兴起，——只有群众的热烈的奋斗，能取得真正的民主主义……

最低问题

——狗彘食人之中国

秋白离中国两年，回来本急急想把在俄研究所得以及俄国现状，与国人一谈，不料到京三天，所接触的中国现实状况，令我受异常的激刺，不得不先对中国说几句"逆耳之言"。

万里之外时时惦念着故乡，音信阻隔，也只隐隐约约听见国内"红白面打架的把戏"。一进北京才有人告诉我，去年上海金银业罢工工人竟遭"洋狗"噬啮，唐山罢工工人又受印度兵的蹂躏。中国政府原来是"率兽食人"的政府，谄媚欧美帝国主义，以屠杀中国平民劳动者为己任。

我再想不到，两年之后回来见着一狗彘食人的中国！

我两年不读的中国报上，却只见什么"最高问题"，什么"阁员问题""巡阅使问题"、制宪问题……都是高高在上的中国高等人物的大心事。我不知道，威海卫的问题[①]，片马问

① 指英帝国主义继1897年沙俄强占我国旅大之后，借口保持英俄在华北的"均势"，于1898年7月1日胁迫清政府签订《订租威海卫专条》一事。

题①，英国派兵唐山，殴辱重庆学生以至于纵犬食人等问题，究竟值得衮衮诸公的一顾否？难道这些问题太"低"？还是以为"最高问题"不解决，阁员问题不解决，就可以断送片马，断送威海卫，任命苏皖赣巡阅使就是为着巡犬起见，白纸黑字的宪法草案就足以保证中国平民不受外人强力地剥夺其生命自由劳动权利呢？可怜的五四运动竟成历史的古事，可怜的中国"民意"竟如此之消沉。唉！

这几天报上又见汉口的工人风潮，英商禁止工人结社，武装巡捕任意殴击逮捕工人，随便放枪。地方官对于此种丧权辱国事情，只知道戒严，请问他防范的是谁，保护的又是谁！大概一般下等的苦力被捕挨打，算得什么事！真正只是"最低问题"，不值一顾。可是……

中国的平民呵，你们不配谈最高问题，也得谈一谈最低问题呵。当年五四运动的精神哪里去了！处于如此严酷的帝国主义的压迫之下，还只顾坐着静听人家谈最高问题制宪问题，真是死无葬身之地呵。我恐怕就是最高问题解决了，制定了一万万条的好宪法也没有用处。群众的平民，爱国的学生，有志的青年，也可以醒醒，不要再做华盛顿会议②的黄粱梦了。

---

① 指1900年以来，英帝国主义不断侵入我国云南片马地区，并在该地强设军政机构，引起各族人民强烈反抗。

② 也叫"太平洋会议"。第一次世界大战后，以美国为首的帝国主义国家为了对战后远东和太平洋的殖民地和势力范围进行再分割而召开的会议。

中国真正的平民的民主主义，假使不推倒世界列强的压迫，永无实现之日。世界人类的文化，被这一班"列强"弄得濒于死灭且不必说起，中国平民若还有点血气，无论如何总得保持我们汗血换来的吃饭权。全国平民应当逐逐兴起，——只有群众的热烈的奋斗，能取得真正的民主主义，只有真正的民主主义能保证中国民族不成亡国奴，切记切记！不然呢，我恐怕四万万"人"的地方，过两年就快变成英国猎狗的游猎场了。

一九二三年一月十七日。

小小一个问题

——妇女解放的问题

有一天我去看一个朋友，他书桌子上放着几本书。偶然翻开一本《吴梅村①词》，看了几页，我的朋友就指着一首《浣溪沙》说道："这一首就只这一句好。"我看一看，原来是一首闺情词。他指的那一句就是"惯猜闲事为聪明"。我就回答他道："好可是好，你看了不害怕么？不难受么？"他不明白。我就道："这首词，这样的诗词、文章、小说、戏剧，就是牢狱里的摄影片。幸而好，现在从这样牢狱里逃出来的越狱女犯已经有了几个了，可惜还没有人替她们拍个照，描写描写她们的非牢狱的生活状况；也许是因为这样的越狱女犯，还很少很少，或者是简直没有。可见现在关在这样牢狱里的很是不少，可是还用得着这些文学家来替她们写照么？还不快快地把她们放出来么？"

你瞧！这样一张手铐脚镣钉着的女犯的相片，怎么不害怕？怎么不难受？可怜不可怜！唉！要不是钉着手铐脚镣，又

---

① 吴梅村（1609—1671），名伟业，号梅村，江苏太仓人，清初诗人。

何至于"惯猜闲事"才算得"聪明"呢？许许多多精神上的桎梏——纲常、礼教、家庭制度、社会组织、男女相对的观念——造成这样一个精神的牢狱把她们监禁起来；天下的事情在这般不幸的女子眼光中看来哪一件不是闲事呢？既然有这许多桎梏把她们禁锢起来，她们的聪明才力没有可用之处，侥幸的呢，也不过是"舞罢曾无理曲时，妆成只是薰香坐"；不幸的呢，自然是"不分不晓恹恹默默一段伤春"了。文学家既然有这样细腻的文心，为什么不想一想，天下有许多"惯猜闲事为聪明"的女子，就有许多手足胼胝还吃不饱肚子的人。

女子既然是受着旧宗教、旧学说、旧社会的影响变成这种样子，似乎这全是旧宗教、旧学说、旧社会造出来的罪恶，文学家不过是把它描写出来罢了。殊不知道文学的作品——诗、词、文章、小说、戏剧——多少有一点支配社会心理的力量。文学家始终要担负这点责任。

"以女子为玩物"，男子说：这是应当的。非但是肉体上，就是精神上也跳不出这个范围。这样的牢狱多坚固呵！女子说——他想一想，细想一想。这也是许多事实。他究竟是莫名其妙，他简直是安之若素了，得不着还天天羡慕着呢。这样的牢狱多坚固呵！这不是中国文学家——无题体、香奁体①诗词的文人——描写出来的么？这不是他们确定社会上对于男女

① 香奁体，又称艳体，唐末韩偓诗作多写艳情，有《香奁集》，故名。

的观念的利器么？唉！这可以算作中国的妇女神圣观呵！

你不看见，民国三四年间，枕亚、定夷①一班人的淫靡小说，影响于社会多大。

你不看见，现在社会上的人大多数满脑子装着贾宝玉、林黛玉、杜十娘、花魁的名字，映着《游园惊梦》《游龙戏凤》《荡湖船》的影子，随时随地无形之中可以造成许多罪恶。他们无论怎么样贫苦，无论怎么样富贵，要求精神的愉快、安慰是一样的。精神上的娱乐品——这类的诗词，这类的小说，这类的戏剧——又无论上等的、下等的都是差不多的东西，无非是构成男女不平等的观念。稍识几个字的人就去看这类的小说，听这类的戏；稍高深一点就去看这类的诗词。男女不平等的观念，轻蔑女子的观念——或者就是尊敬女子的观念，怜爱女子的观念，在他们已经是先入为主、根深蒂固的了。怎么谈得到妇女解放问题呢？

现在文学家应当大大注意这一点——戏剧小说尤其要紧，诗词还比较不普遍一些。中国人并非没有美术的生活，旧式的美术的生活就是这个样，所以一说到妇女解放，中国人就会联想到暧昧的事情上去，就真会遇见那样的事。所以非注意于创造新的美术的生活不可，这是现在文学家的责任呵！

这是我因为看见了那句词，起了一种感想——杂乱的感

---

① 枕亚、定夷，即徐枕亚、李定夷，民国初年鸳鸯蝴蝶派文人。

想——随便乱写几句，似乎也有好几层问题在里面，一个小小的妇女解放问题。

这个问题当真的小么？

关于女人

国难期间女人似乎也特别受难些。一些正人君子责备女人爱奢侈，不肯光顾国货。就是跳舞、肉感等，凡是和女性有关的，都成了罪状。仿佛男人都成了苦行和尚，女人都进了修道院，国难就得救了似的。

其实那不是她的罪状，正是她的可怜。这社会制度，把她挤成了各种各式的奴隶，还要把种种罪名加在她头上。西汉末年，女人的眉毛画得歪歪斜斜，也说是败亡的预兆。其实亡汉的何尝是女人！总之，只要看有人出来唉声叹气地不满意女人，我们就知道高等阶级的地位有些不妙了。

奢侈和淫靡只是一种社会崩溃腐化的现象，绝不是原因。私有制度的社会本来把女人也当作私产，当作商品。一切国家，一切宗教，都有许多稀奇古怪的规条，把女人当作什么不吉利的动物，威吓她，要她奴隶般地服从；同时又要她做高等阶级的玩具。正像正人君子骂女人奢侈，板着面孔维持风化，而同时正在偷偷地欣赏肉感的大腿文化。

阿拉伯一个古诗人说："地上的天堂是在圣贤的经典里，在马背上，在女人的胸脯上。"这句话倒是老实的供状。

自然，各种各式的卖淫总有女人的份。然而买卖是双方的。没有买淫的嫖男，哪里会有卖淫的娼女。所以问题还在卖淫的社会根源。这根源存在一天，淫靡和奢侈就一天不会消灭。女人的奢侈是怎么回事？男人是私有主，女人自己也不过是男人的所有品。她也许因此而变成了"败家精"。她爱惜家财的心要比较差些。而现在，卖淫的机会那么多，家庭里的女人直觉地感觉到自己地位的危险。民国初年就听说上海的时髦总是从长三堂子传到姨太太之流，从姨太太之流再传到少奶奶、太太、小姐。这些"人家人"要和娼妓竞争——极大多数是不自觉的，——自然，她们就要竭力地修饰自己的身体，修饰拉得住男子的心的一切。这修饰的代价是很贵的，而且一天天地贵起来，不但是物质的代价，还有精神上的。

　　美国的一个百万富翁说："我们不怕……我们的老婆就要使我们破产，较工人来没收我们的财产要早得多呢，工人他们是来不及的了。"而中国也许是为着要使工人"来不及"，所以高等华人的男女这样赶紧地浪费着，享用着，畅快着，哪里还管得到国货不国货、风化不风化。然而口头上是必须维持风化、提倡节俭的。

一九三三，四，十一。

猪八戒

——东西文化与梁漱溟及吴稚晖

高家庄的绣房里，薰着芸香，烧着银烛。天快亮了。那暖融融的被窝，喷香的枕头，还有……比当日猪圈"其实也不过如此"。猪八戒睡醒了，听着木鱼声远远敲来，愈敲愈近，不由得心惊肉跳。他连忙推醒了他的浑家，可是他浑家一弯手捧着他的猪耳朵，又睡去了。他缩着身体偎依着，亦有些沉沉的……忽然"梵音一演，异类顿解"：

——"猪八戒，你这畜生，怎么如此沉迷不悟！"——他听着似乎是他师父唐三藏的声音。——"西天的途程……且不说。一切爱恋六尘①，以至于真美善是没有的，是幻执的。变起来只有苦趣，若妄执了再变下去，叫众生愈加地沉沦在苦海。不如反到漆黑一团，虽说不到真美善，也就看不见伪丑恶。倘嫌漆黑一团气闷，不如努力把漆黑一团都灭绝了，成个正觉②，得证涅槃③。你尽在此流连忘返，如何是了?！……"

---

① 六尘，佛教用语。系色、声、香、味、触、法的合称。

② 正觉，佛教用语。指成佛。

③ 涅槃，佛教名词。梵文Nirvāṇa的音译，意即"圆寂""入灭"，佛教徒视作寂灭一切烦恼的最高境界。

他听一句，点一点头，似乎很有味的，谁知他点头不是领悟，是在打盹儿。早已睡熟了。唐僧没法，蹒跚踯躅，捧着破钵不住地在他洞房前茜纱窗下走着，好没意思……

十万八千里外，忽然一朵筋斗云，从空翻落，原来是孙行者。大声地喝道：

"蠢猪。老孙叫你上西天去，你逗留在此地作甚！……哼，我告诉你，舒服不是在被窝里求的；真舒服须得真痛苦去换来。你道真美善没有？——那是因为你睡着。'真美善是有的，是无穷的，变起来终能较真又真，较善又善，较美又美。向前不歇地变下去，很好顽。从当初漆黑一团，变到现在的局面，虽极不满意，却正好再变。这变个不歇，并非多事。下棋人常有的事：——下得最好，也不恤随手乱却，捡入子盒，重新再下。'你却走了一程，就已经灰心丧志，堕落至此。老孙没有别法对付你这蠢货，——你这怕变动的蠢货！我只有……"金箍棒一晃……

只听得豁朗一声——茜纱窗打得稀烂，琉璃瓶摔得粉碎……

猪八戒猛然惊醒，——原来一句话也没听见，——直吓得浑身急汗，簌簌地颤抖。他浑家忙着抚他的猪头，吻他的大耳，扑着他睡觉，口里念着20世纪的《新中庸》，——定定他的心魂：

……数千年中国人的生活，除孔家外，都没有走到其恰好的线上。既非西洋又非印度。所谓第二路向固是不向前不向后，然并非没有自己积极的精神，而只是容忍与敷衍者。中国人殆不免于容忍敷衍而已，惟孔子的态度全然不是什么容忍敷衍，他是无入不自得。唯其自得而后这第二条路乃有其积极的面目。亦唯此自得是这第二条路的唯一的恰好路线。我们第二条路是意欲自为调和持中，一切容让忍耐敷衍，也算自为调和，但惟自得为真调和耳。

（梁漱溟）

　　猪八戒听着，知道这是"东西"哲……但是他想道："那就对了呀！不向前，不向后！师父叫我向后去，一切绝灭，——那多么冷静。浑蛋的孙猴子叫我向前去，——那多么艰难。唉，始终还是中庸之道好……"他不由得伸一伸懒腰，念道：

　　"君子之中庸也，君子而时中；小人之反中庸也……无君子无以治小人。"①

一九二三年十一月十五日。

————————
　　①　"君子之中庸……"，语见《礼记·中庸》。

这篇小说里，凡是"　"记号里的话都是抄袭吴稚晖先生之《一个新信仰的宇宙观及人生观》的，——见《太平洋》杂志第四卷第三号；——不敢掠美，特此声明。

——作者志。

狗道主义

最近有人说："只有人道主义的文学，没有狗道主义的文学。"

然而，我想：中国只有狗道主义的文学，而没有人道主义的文学。中国文人最爱讲究国粹，而国粹之中又是越古越好。因此，要问读者诸君贵国的文学是什么，最好请最古的太史公来回答。他说，这是"主上所戏弄，倡优所畜，流俗之所轻也"！

人道主义的文学，据说是"被压迫者苦难者的朋友"。可是，请问中国现在除了"被压迫者苦难者"自己之外，还有什么"朋友"？"苦难者"的文学和"苦难者朋友"的文学，现在差不多都在万重的压迫之下。这种文学不能够是人道主义的，因为"被压迫者"自己没有资格对自己讲仁爱，没有可能也没有理由对压迫者去讲什么仁爱的人道主义。

于是乎狗道主义的文学就耀武扬威了。

固然，18世纪的革命的资产阶级文学之中，曾经有过人道主义。然而20世纪的中国资产阶级，尤其是1927年之后，根本不能够有那种人道主义。中国资产阶级始终和封建地主联系着，最近更和他们混合生长着。帝国主义支配之下的"关余万能"主义，外国资本的垄断市场、租田制度和高利贷商业资本的畸形发展，……使榨取民众血汗所形成的最初积累的资本，总在流转到一种特殊的"货币银行资本"里去，而且从所谓民族工业里逃出来。中国资产阶级之中的领导阶层，现在难道不是那些中国式的大大小小的银行银号钱庄吗？这些"货币银行资本"的最主要的投资，除出做进出口生意的垫款和高利贷的放账以外，就是公债生意。而在公债等类的生意里面，利率比那种破产衰落的工业至少要高二三十倍。这种资产阶级会有什么人道主义？！他们要戴起民族的大帽子，不是诓骗民众去争什么自由平等。不是的。远东第一大伟人，比卢梭等类要直爽而公开得多。这大约是因为中国有一座万里长城做他的脸皮，他就爽爽快快地说：不准要什么自由平等，国民应该牺牲自由维持不平等，而去争"国家的自由和平等"。所以这顶民族的大帽子，是用来诓骗民众安心做奴隶的。欧洲18世纪的资产阶级要诓骗民众去争自由平等，为的是多多少少要利用民众反对贵族地主，要叫民众"自由平等的"来做自己的奴隶，而不再做贵族僧侣的奴隶。中国现在的资产阶级又要诓骗民众"为着民族和国家"安心些，更加镇静些做绅士地主和自己的共同奴隶。

所以很自然的只会有狗道主义的文学。这是猎狗，这是走狗的文学，因为这些地主资产阶级的走狗的主人，本身又是帝国主义的走狗。这种走狗的走狗，自然是狗气十足，狗有狗道，此之谓狗道主义。

狗道主义的精义：第一是狗的英雄主义，第二是羊的奴才主义，第三是动物的吞噬主义。

英雄主义的用处是很明显的：一切都有英雄，例如诸葛亮等类的人物，来包办，省得阿斗群众操心！英雄的鼓吹总算是"独—无二的"诓骗手段了。这是独一无二的，因为另外还有些诓骗的西洋景，早已拆穿了；只有那狗似的英勇，见着叫花子拼命地咬，见着财神老爷忠顺地摇尾巴——仿佛还可以叫主人称赞一句："好狗子！"至于羊的奴才主义，那就是说：对着主人以及主人的主人要驯服得像小绵羊一样。

话说元朝时候，汉族的绅商做了蒙古王公的走狗和奴才，其中有一位将军叫作宋大西，他对于元朝皇帝十分忠顺。他跟着蒙古军队去打俄罗斯，居然是个"勇士"。元朝的帝国主义打平了中国，又去打俄国，——他是到处都很出力的，到处都要开锣喝道地喊着："万岁哟，马上的鞑靼！永久哟，神武的大元！"有一天，他忽然间诗兴勃发，念出一首诗来：

外表赛过勇士，心里已如失望的小羊。
无家可归的小羊哟，何处是你的故乡？

这首诗的确高明，尤其是那"赛过"两个字用得"奇妙不堪言喻"。真是天才的诗人呀!"赛过"!一只驯服的亡国奴的小羊,居然赛过勇士和英雄!

这些狗呀羊呀的动物,有什么用处?嘿,你不要看轻了这些动物!天神还借用它们来惩罚不安分的罪孽深重的人类呢。

原来某年月日,外国的天父上帝和中国的财神菩萨开了一个方桌会议,决定叫这些动物,张开吃人的血口,大大地吞噬一番,为的是要征服那些不肯安分的人,那些敢于反抗的人,那些不愿意被"主上所戏弄,倡优所畜"的人。

有诗为证:

> 天父和菩萨在神国开会相逢,
> 选定了沙漠的动物拿来借用;
> 于是米加勒高举火剑,爱普鲁拉着银弓:
> 一刹那便刀光血影,青天白日满地红!

吉诃德的时代

据说中国识字的人很少。然而咱们没有统计过，如果说中国的识字人只有一万，或者两万，大概你总要摇头罢？可是，事实上所谓新文学——以及"五四式"的一切种种新体白话书，至多的充其量的销路只有两万。例外是很少的。

其余的"读者社会"在读些什么？如果这一两万人的小团体——在这四万万的人海之中，还把其余的人当人看待的话，我们就不能够不说中国还在吉诃德的时代。"中国"！——我是说那极大的大多数人的中国，与欧化的"文学青年"无关。

欧洲的中世纪，充满了西洋武士道的文学。中国的中世纪，也就充满着国术的武侠小说。中国人的脑筋里是剑仙在统治着。西班牙中世纪末的西万谛斯①写了一部《董吉诃德传》，把西洋武士道笑尽了。中国的西万谛斯难道还在摇篮里？！或者没有进娘胎？！

不错，中国的《水浒》是一部名贵的文学典籍。但是，恐

---

① 西万谛斯，现译塞万提斯（1547—1616），西班牙作家。小说《董吉诃德传》，现译《堂吉诃德》，是他的代表作品。

怕就一部罢。模仿《水浒》的可以有一万部，然而模仿到什么地方去了呢？草泽的英雄，结果不是做皇帝，至多也不过劫富济贫罢了。梦想着青天大老爷的青天白日主义者，甚至于把这种强盗当作青天大老爷，当作救苦救难观世音菩萨。我们可以想得到：是有那种"过屠门而大嚼"的人！——这个年头，这个世界，不但贪官污吏豪强绅商要多少有多少，而且，怨恨的对象又新添了贪工头，污那摩温，大小买办，×国新贵。——恨得真正切齿，你可以看见他们眼睛的凶光，可以看见他们紧张的神经在那里抖动，你可以看见他们吃烧饼的时候咬得特别起劲，这是他们在咬"仇人"的心肝，刚刚他们脑筋里的剑仙替他们杀死了挖出来的。然而，既然这样恨那些贪官污吏，以及新式的贪什么、污什么的，那么，他们要干什么？他们打算怎么干？他们吗？相信武侠的他们是各不相问的，各不相顾的。虽然他们是很多，可是多得像沙尘一样，每一粒都是分离的，这不仅是一盘的散沙，而且是一片戈壁沙漠似的散沙。他们各自等待着英雄，他们各自坐着，垂下了一双手。为什么？因为："济贫自有飞仙剑，尔且安心做奴才。""欲知后事如何"？那么"请听来生分解"罢。

至于那些十五六岁的小孩子，偷偷地跑到峨眉山五台山去学道修仙炼剑，——这样的事，最近一年来单是报纸上登出来的，就有六七次，——这已经算是有志气的好汉，总算不再等待英雄，而是自己想做英雄了。究竟想做的和等待的是些什么样的英雄？那你不用问，请自己去想一想：这些英雄所侍候的主人，例如包公、彭公、施公之类，是些什么样的人物，——那么，英雄的本身也就可想而知的了。英雄所侍候的主人，充其量只是一个青天大老爷，英雄的本身又会高明到什么地方去呢？

武侠小说连环图画满天飞的中国里面，那中国的西万谛斯……还是在摇篮里呢，还是没有进娘胎？！不是的，这些西万谛斯根本就不把几万万"欧化之外的读者"当人看待。你或者要说：这几万万人差不多都不读书。那么，我反问你一句：你看不看见小茶馆里有人在听书？

九，八。

王道诗话

"人权论"是从鹦鹉开头的。据说古时候有一只高飞远走的鹦哥儿，偶然又经过自己的山林，看见那里大火，它就用翅膀蘸着些水洒在这山上；人家说它那一点儿水怎么救得熄这样的大火，它说："我总算在这里住过的，现在不得不尽点儿心。"（事出《栎园书影》，见胡适《人权论集》序所引。）鹦鹉会救火，人权可以粉饰一下反动的统治。这是不会没有报酬的。胡博士到长沙去讲演一次，何将军就送了五千元程仪。价钱不算小。这大概就叫作"实验主义"。

但是，这火怎么救，在"人权论"时期（1929—1930），还不十分明白。五千元一次的零卖价格做出来之后，就不同了。最近（今年2月21日）《字林西报》登载胡博士的谈话说：

> 任何一个政府都应当有保护自己而镇压那些危害自己的运动的权利，固然，政治犯也和其他罪犯一样，应当得着法律的保障和合法的审判……

这就清楚得多了！这不是在说"政府权"了吗？自然，博士的头脑并不简单，他不至于只说"一只手拿着宝剑，一只手拿着经典"！如什么主义之类。他是说，还应当拿着法律。

中国的帮忙文人，总有这一套祖传秘诀，说什么王道仁政。你看孟夫子多么幽默，他教你离得杀猪地方远远的，嘴里吃得着肉，心里还保持着不忍人之心，又有了仁义道德的名目。不但骗人，还骗了自己，真所谓心安理得，实惠无穷。诗曰：

　　文化班头博士衔，人权抛却说王权，朝廷自古多屠戮，此理今凭实验传。

　　人权王道两翻新，为感君恩奏圣明，虐政何妨援律例，杀人如草不闻声。

　　先生熟读圣贤书，君子由来道不孤，千古同心有孟轲，也教肉食远庖厨。

　　能言鹦鹉毒于蛇，滴水微功漫自夸，好向侯门卖廉耻，五千一掷未为奢。

一九三三，三，五。

透　底

凡事彻底都好，而"透底"就不见得高明。因为连续地向左转，结果却碰见了向右转的朋友，那时候彼此点头会意，脸上会要辣辣的。就像要自由的人，忽然要保障复辟的自由，或者屠杀大众的自由，——透底是透底的了，却连自由的本身都漏掉了，原来只剩了通体透明一丝不挂。

反对八股是应该的。八股原是蠢笨的产物。最初是考官嫌麻烦，——他们的头脑大半是用阴沉木做的，——什么代圣贤立言，什么起承转合，文章气韵，都没有一定的标准，难以捉摸，因此，一股一股地定出来，算是格式；拿这格式来"衡文"，一眼就看得出多少轻重。随后应试的人也觉得又省力又不费事。这样的八股，无论新旧，都应当扫荡。但是，这原是为着要聪明，不是要更蠢笨些。

不过要保存蠢笨的人，却有一种策略。他们说："我不行，而他和我一样。"——大家活不成，拉倒大吉！而等"他"拉倒之后，旧的蠢笨的"我"却总是偷偷地又站起来，实惠是属于蠢笨的。好比要打倒偶像，偶像急了，就指着一切活人说："他们都像我。"于是你跑去把貌似偶像的人统统打倒；回来，偶像还奖励你，说打倒"打倒偶像"者，透底之至。这样，世界上就剩得偶像和打倒"打倒"者。

开口诗云子曰，算老八股；而有人把"达尔文说，蒲力汗诺夫曰"，也算作新八股。于是要知道地球是圆的，就要人人都要自己去环游地球一周；要制造汽机的，也要先坐在开水壶前格一通物。……这自然透底之至。其实，从前说反对卫道文学，原是反对那道，说那样吃人的"道"不应当卫，而有人要透底，就说什么道也不卫；这"什么道也不卫"难道不也是一种"道"吗？所以，真正最透底的，还有下列一个故事：

古时候，有一个国度里革命了，旧的政府倒下去，新的站上来。旁人说，你这革命党，原先是反对有政府的，怎么自己又来做政府？！那革命党立刻拔出剑来，割下了自己的头，但是，他的僵尸直立着，喉管透出一股气来，仿佛是在说：这主义的实现原本要等三千年之后。

一九三三，四，十一。

人才易得

前几年，大观园里的压轴戏是刘姥姥骂山门。那是要老旦出场的，老气横秋地大"放"一通，直到裤子后穿而后止。当时指着手无寸铁或者已经缴械的小百姓，大喊："杀，杀，杀！"那呼声是多么雄壮呵。所以她——男角扮的老婆婆，也可以算是一个人才。

现在时世大不同了，手里杀杀杀，而嘴里却需要"自由，自由，自由""开放政权"云云。压轴戏要换了。

于是人才辈出，各有巧妙不同。出场的不是老旦，而是花旦了；而且这不是平常的花旦，而是海派戏广告上所说的"玩笑旦"。这是一种特殊的人物，他（她）要会媚笑，又要会撒泼，要会打情骂俏，又要会油腔滑调。总之，这是花旦兼小丑的角色。不知道是时势造英雄（还是说"美人"妥当些），还是美人儿多年阅历的结果，练出了这一套拿手好戏？

美人儿而说"多年"，自然是阅人多矣的徐娘了，她早已从窑姐儿升任了老鸨婆；然而她丰韵犹存，虽在卖人，还兼自卖。自卖容易，卖人就难些。现在不但有手无寸铁的小百姓，不但！况且又遇见了太露骨的强奸……要会应付这种非常之变，就非有非常之才不可。你想想：现在压轴戏是要似战似和，又战又和，不降不守，亦降亦守！——这是多么难做的戏。没有半推半就、假作娇痴的手段是做不好的。孟夫子说："以天下与人易。"其实，能够简单地双手捧着"天下"去"与人"，倒不为难了。问题就在于不能如此。所以就要一把眼泪一把鼻涕，哭哭啼啼而又刁声浪气地诉苦说："我不入火坑，谁入火坑！"

然而娼妓说她落在火坑里，还是想人家去救她出来；老鸨婆哭火坑，就没有人相信她，何况她已经申明：她是敞开了怀抱，准备把一切人都拖进火坑去的。虽然，这玩笑却开得不差，不是非常之才，就使挖空了心思也想不出的。

老旦进场，玩笑旦出场，大观园的人才着实不少！

呜呼，以天下与人虽然大不易，而为天下得人，却似乎不难。

一九三三，四，二十四。

中国文与中国人

最近出版了一本很好的书：高本汉著的《中国语和中国文》。高本汉先生是个瑞典人，他的真姓是珂罗倔伦（Karl gren）。他为什么"贵姓"高？那无疑的是因为中国化了。他的确是个了不得的"支那学家"——中国语文学的权威。

但是，他对于中国人，却似乎也有深刻的研究。

他说："近来某几种报纸，曾经试用白话，——按高氏这书是1923年在伦敦出版的，——可是并没有多大的成功；因此，也许还要触怒了多数订报的人，以为这样，就是讽示着他们不能看懂文言报呢！"

西洋各国里有许多伶人，在他们表演中，他们几乎随时可以插入许多"打诨"，也有许多作者，滥引文书；但是大家都认这种是劣等的风味。这在中国恰好相反，正认为高妙文雅而表示绝艺的地方。

中国文的"含混的地方，中国人不但不因之感受了困难，反而愿意养成它……"。

于是这位"支那学专家"就不免要"中国化"起来。他在中国大概受够了侮辱。"本书的著者和亲爱的中国人谈话，所说给他的，很能完全了解；可是，他们彼此谈话的时候，他几乎一句话也不懂。"这自然是那些"亲爱的中国人"在"讽示"他不懂"上流社会的"话。因为"外国人到了中国去，只要注意一点，他就可以觉得：他自己虽然已经熟悉了普通人的语言，而对于上流社会的谈话，仍是莫名其妙的"。（例如"一个中国的雅人"回答高先生问他多大年纪，就说了一句"而立"。幸而高先生在《论语》上查着这个古典。）

于是"支那学专家"就说："中国文字好像一个美丽可爱的贵妇，西洋文字好像一个有用而不美的贱婢。"

美丽可爱而无用的贵妇的"绝艺"，就在于"插诨"的含混。这使得西洋第一等的大学者至多也不过抵得上中国的普通人。这样，我们"精神上胜利了"。为要保持这种胜利，必须有高妙文雅的词汇，而且要丰富！五四白话运动的"没有多大成功"，原因大概就在上流社会怕人讽示他们不懂文言了。

虽然，"此亦一是非，彼亦一是非"——我们还是含混些好了，否则反而要感受困难的。

十月二十五日。

新鲜活死人的诗

诗人就是死也死得"高人一等"。这固然不错。但是，诗，始终是给活人读的。为什么诗人爱用活死人的文字和腔调来作诗呢?!

中国古文和时文的文言，据刘大白说，是鬼话。仿佛周朝或者秦汉……的人曾经用这种腔调说过话。其实这是荒谬不通的。

中国的社会分作两个等级：一是活死人等级，二是活人等级。活死人等级统治着。他们有特别的一种念文章念诗词的腔调，和活人嘴里讲话的腔调不同的。这就是所谓文言。现在的所谓白话诗，仍旧是用这种活死人的腔调来作的。自然，有点儿小差别。因为暂时还只有活死人能够有福气读着欧美日本的诗，所以他们就把外国诗的格律、节奏、韵脚的方法，和自己的活死人的腔调生吞活剥地混合起来，结果，成了一种不成腔调的腔调，新鲜活死人的腔调。为什么是不成腔调的腔调？因为读都读不出来！为什么是新鲜活死人的腔调？因为比活死人都不如！陈旧的活死人已经只剩得枯骨，而新鲜的活死人就一定要放出腐烂的臭气。

活死人的韵文，甚至于"诗样的散文"，读起来都是"声调铿锵的"，例如：

　　　赤焰熏天，疮痍遍地，国无宁岁，民不聊生。

　　　　　　　　　　　　　　——《上海大学教授宣言》

　　　武将戎臣，统率三军队，

　　　结阵交锋，锣鼓喧天地，

　　　北战南征，失陷沙场内，

　　　为国捐躯，来受甘露味。

　　　　　　　　　　　　　　　　　——《瑜伽焰口》

　　这种活死人的诗，原本是不要活人懂的；用它来放焰口——"一心召请"什么什么的耿耿忠魂，也许还有点儿用处。死鬼听见这样抑扬顿挫的音调，或者会很感动地跑出来救国呢。

　　至于新鲜活死人的诗，那真是连鬼都不懂。

　　这是因为什么？因为中国现在的诗人，大半是学着活死人的腔调，又学不像。活死人的诗文，本来只是他们这些巫师自己唱着玩的。艺术上的"条件主义"是十足的，所讲究的都是些士大夫的平仄和对子。新鲜活死人学着了：

　　　只因为四邻强敌，虎视眈眈，

只因为无耻国贼，求荣谄媚，

把我们底宝藏，拱手赠送他人，

把我们底权利，轻轻让于外国……

——《理想之光》①

这实在是一篇很拙劣的变相四六文，读着它肉麻得要呕呢！这种活死人的影响非常之大。最低级的旧式大众文艺，算是白话的了；可是，一描写到景致，一叙述到复杂的情形，也往往用起韵文，而且一定要用这种活死人的腔调。例如："一壁厢柳暗花明，一壁厢山清水秀"，等等。那篇所谓诗剧的《理想之光》的程度，大概至多也不过如此罢了。

再则，这些诗人学欧美的诗，其实又不去学它的根本。欧美近代的诗已经是运用活人的白话里的自然的节奏来作的。而中国诗人却在所谓欧化的诗里面，用着很多的文言的字眼和句法。欧美近代的诗，读起来可以像说话似的腔调，而且可以懂得，中国现在的欧化诗，可大半读不出来，说不出来。即使读得出来，也不像话，更不能够懂。例如当代诗人有这么一句："美人蟓首变成狞猛的髑髅。"读者听着，这是："美人遵守变成柠檬的猪猡！"

---

① 《理想之光》是孙俍工与梅痕女士合作的四幕诗剧，1931年4月10日出版的"民族主义文学"的刊物《现代文学评论》创刊号开始刊载。

难道平民小百姓的活人的话，就不能够作诗么？固然，因为中国的艺术的言语几千年来被活死人垄断着，所以俗话里的字眼是十分单调、十分缺乏。然而平民小百姓的真正活的言语正在一天天地丰富起来。如果平民自己能够相信自己的力量，脱离一切种种活死人的影响，打破一切种种活死人的艺术上的束缚，那么，我们一定能够创造出平民的诗的言语。

至于陈旧的和新鲜的活死人：

　　　　他们爱呢？又要害羞；
　　　　思想也要赶走。
　　　　出卖着自己的自由，
　　　　对着偶像磕头；
　　　　讨那一点儿钱，
　　　　还带一根锁链①！

　　　　　　　　　　　　一九三一，十二，二八。

———————
　　①　这里引自普希金的长诗《茨冈》。

第三辑

海的情怀

没有暴风雨的发动，不经过暴风雨的冲洗，是不会重见光明的。暴风雨呵，只有你能够把光华灿烂的宇宙还给我们！只有你！

心的声音（节选）

绪　言

心呢？……真如香象渡河①，毫无迹象可寻；他空空洞洞，也不是春鸟，也不是夏雷，也不是冬风，更何处来的声音？静悄悄地听一听：隐隐约约，微微细细，一丝一息的声音都是外界的，何尝有什么"心的声音"。一时一刻、一分一秒间久久暂暂的声音都是外界的，又何尝有什么"心的声音"；千里万里，一寸尺间远远近近的声音，也都是外界的，更何尝有什么"心的声音"。钩辀格磔②，殷殷洪洪，啾啾唧唧，呼号刁翟③，这都听得很清清楚楚么，却是怎样听见的呢？一丝一息的响动，澎湃訇礚④的震动，鸟兽和人的声音，风雨江海

----

①　香象渡河，佛教用语。宋代道原《景德传灯录》："同在佛所闻说一味之法，然所证有浅深。譬如兔、马、象三兽渡河，兔渡则浮，马波及半，象彻底截流。"此处比喻人心灵的深澈。

②　鹧鸪的鸣叫声。

③　这里指舞蹈欢呼声。

④　大水的冲击声。

的声音几千万年来永永不断，爆竹和发枪的声音一刹那间已经过去，这都听得清清楚楚么，都是怎样听见的？短衫袋里时表的声音，枕上耳鼓里脉搏的声音，大西洋海啸的声音，太阳系外陨石的声音，这都听得清清楚楚么，却是怎样听见的呢？听见的声音果真有没有差误，我不知道，单要让他去响者自响，让我来听者自听，我已经是不能做到，我静悄悄地听着，我安安静静地等着；响！心里响呢，心外响呢？心里响的——不是！心里没有响。心外响的——不是！要是心外响的，又怎样能听见他呢？我心上想着，我的心响着。

我听见的声音不少了！我听不了许多凤箫细细、吴语喁喁的声音。我听不了许多管飞弦飞丝、竹、披霞那①、繁华令②的声音。我听不了许多呼卢喝雉③，清脆的骰声，嘈杂的牌声。我听不了许多炮声、炸弹声飞地雷声、水雷声、军鼓、军号、指挥刀、铁锁链的声。我更听不了许多高呼爱国底杀敌声。为什么我心上又——有回音？

1919年5月1日我在亚洲初听见欧洲一个妖怪的声音。他这声音我听见已迟了。——真听见了么？——可是还正在发扬呢。再听听呢，以后的声音可多着哪！欧洲、美洲、亚洲、北京、上海、纽约、巴黎、伦敦、东京……不用说了。可是，为

---

① 即钢琴，英语Piano的音译。
② 即小提琴，英语Violin的音译。
③ 指掷骰赌博声。

什么，我心上又——有回音呢？究竟还是心上的回音呢？还是心的声音呢？

1920年3月6日晚上（庚申正月十五夜），静悄悄地帐子垂下了；月影上窗了，十二点过了，壁上的钟嘀嗒嘀嗒，床头底表悉杀悉杀，梦里听得枕上隐隐约约耳鼓里一上一下的脉搏声，静沉沉，静沉沉，世界寂灭了么？猛听得硼的一声爆竹，接二连三响了一阵。邻家呼酒了：

"春兰！你又睡着了么？"

"是，着，我没有。"

"胡说！我听着呢。刚才还在里间屋子里呼呼的打鼾呢。还要抵赖！快到厨房里去把酒再温一温好。"

我心上想道："打鼾声么？我刚才梦里也许有的。他许要来骂我了。"一会儿又听着东边远远地提高着嗓子嚷"洋……面……馎馎"，接着又有一阵鞭炮声；听着自远而近的三弦声凄凉的音调，冷涩悲亢的声韵渐渐地近了……呜呜的汽车声飘然地过去了……还听得"洋……面……馎馎"叫着，已经渐远了，不大听得清楚了，三弦声更近了，墙壁外的脚步声、竹杖声清清楚楚，一步一敲，三弦忽然停住了。——呼呼一阵风声，月影儿动了两动，窗帘和帐子摇荡了一会儿……好冷呵！静悄悄地再听一听，寂然一丝声息都没有了，世界寂灭了么？

月影儿冷笑："哼，世界寂灭了！大地上正奏着好音乐，你自己不去听！那洪大的声音，全宇宙都弥漫了，金星人、火星人、地球人都快被他惊醒那千百万年的迷梦了！地球东半个，亚洲的共和国里难道听不见？现在他的名义上的中央政府已经公布了八十几种的音乐谱、乐歌，使他国里的人民仔细去听一听，你也可以随喜随喜，去听听罢。"我不懂他所说的声音。我只知道我所说的声音。我不能回答他。我想，我心响。心响，心上想："这一切声音，这一切……都也许是心外心里的声音，心上的回音，心的声音，却的确都是'心的声音'。你静悄悄地去听，你以后细细地去听。心在哪？心呢？……在这里。"

一九二〇，三，六。

一 错误

暗沉沉的屋子，静悄悄的钟声，揭开帐子，窗纸上已经透着鱼肚色的曙光。看着窗前的桌子，半面黑魆魆，半面暗沉沉的。窗上更亮了。睡在床上，斜着看那桌面又平又滑，映着亮光，显得是一丝一毫的凹凸都没有。果真是平的。果真是平的么？一丝一毫的凹凸都没么？也许桌面上，有一边高出几毫几忽，有一边低下几忽几秒，微生虫看着，真是帕米尔高原和太平洋低岸。也许桌面上，有一丝丝凹纹，有一丝丝凸痕，显微镜照着，好像是高山大川、峰峦溪涧。我起身走近桌子摸一摸，没有什么，好好的平滑桌面。这是张方桌子。方的么？我看着明明是斜方块的。站在洗脸架子旁边，又看看桌子，呀，怎么桌子只有两条腿呢？天色已经大亮，暗沉沉的桌子现在已经是黄澄澄的了。太阳光斜着射进窗子里来，桌面上又忽然有一角亮的，其余呢——暗的，原来如此！他会变的。……唉，都错了！……

洗完脸，收拾收拾屋子，桌子、椅子、笔墨、书都摆得整整齐齐。远远地看着树杪上红映着可爱的太阳，小鸟啁啾唱着新鲜曲调，满屋子的光明，半院子的清气。这是现在。猛抬头瞧着一张照片，照片上：一角花篱，几盆菊花，花后站着、坐着三个人。我认识他们，有一个就是我！回头看一看，镜子里的我，笑着看着我。这是我么？照片上三个影子引着我的心灵回复到五六年前去。——菊花的清香，映着满地琐琐碎碎的影子，横斜着半明不灭的星河，照耀着干干净净的月亮。花篱下坐着三个人，地上纵横着不大不小的影子，时时微动，喁喁的低语，微微的叹息，和着秋虫啾啾唧唧，草尖上也沾着露珠儿，亮晶晶的，一些些拂着他们的衣裳。暗沉沉的树荫里飕飕地响，地上参差的树影密密私语。一阵阵凉风吹着，忽听得远远的笛声奏着《梅花三弄》①，一个人从篱边站起来，双手叉叉腰，和那两个人说道："今天月亮真好。"……这就是

———————————————

① 曲名，内容写傲霜雪的梅花；因全曲主调出现三次，故称"三弄"。

我。这是在六年以前，这是过去。那又平又滑的桌面上放着一张纸条，上面写着：请秋白明天同到三贝子花园①去。呵！明天到三贝子花园去的，不也是我么？这个我还在未来；如何又有六年，如何又有一夜现在，过去未来又怎样计算的呢？这果真是现在，那果真是过去和未来么？那时，这时，果真都是我么？……唉！都错了！……

我记得，四年前，住在一间水阁里，天天开窗，就看着那清澄澄的小河，听着那咿咿呀呀船上小孩子谈谈说说的声音。远远地，隐隐约约可以看见江阴的山，有时青隐隐的，有时黑沉沉的，有时模模糊糊的，有时朦朦胧胧的，有时有，有时没有。那天晚上，凭着水阁的窗沿，看看天上水里的月亮。对岸一星两星的灯光，月亮儿照着，似乎有几个小孩子牵着手走来走去，口里唱着山歌呢。忽然听着一个小孩子说道：

"二哥哥，你们看水里一个太阳，太……"又一个道：

"不是，是月亮，在天上呢，不在水里。"转身又向着那一个小孩子说道：

"大哥哥，怎么今天月亮不圆呢？昨天不是圆的么？"听者回答道：

"怎么能天天都是圆的呢？过两天还要没有月亮呢。"

"大哥骗我，月亮不是天生圆的么？不是天天有的么？"

---

① 又称万牲园，即今北京动物园。

"我们去问姊姊。姊姊，姊姊。我刚才和阿二说，月亮会没有的，他不信，他说我说错了。"姊姊说道：

"妈妈的衣服还没有缝好呢，你们又来和我吵，管他错不错呢……"

一九二〇，三，二十。

四 劳动?

青隐隐的远山，一片碧绿的秧田草地，点缀着菜花野花，一湾小溪潺潺流着；阴沉沉的树林背后，露出一两枝梨花，花下有几间茅屋。风吹着白云，慢慢地一朵朵云影展开，皱得似鱼鳞般的浪纹里映着五色锦似的，云呵，水呵，微微地笑着；远山巅隐隐的乌影闪着，点点头似乎会意了。啁啁啾啾的小鸟，呢呢喃喃的燕子织梭似的飞来飞去。青澄澄的天，绿茫茫的地，阴沉沉的树荫，静悄悄的流水，好壮美的宇宙呵，好似一只琉璃盒子。

那琉璃盒，琉璃盒里有些什么？却点缀着三三两两的农夫弓着背曲着腰在田里做活。小溪旁边，田陇西头，一个八九岁的小孩子，穿着一条红布裤子、一件花布衫，左手臂上补着一大块白布，蓬着头，两条小辫子斜拖着，一只手里拿着一件破衣服，汗渍斑驳的，一只手里提着篮，篮里放着碗筷，慢慢地向着一条板桥走去，口里喃喃地说道："爸爸今日又把一些菜都吃了，妈又要抱怨呢。"他走到桥上，刚刚两只燕子掠水飞过，燕子嘴边掉下几小块泥，水面上顿时荡着三四匝圆圈儿。他看着有趣，站住了，回头看一看，他父亲又叫他快回家。他走过桥去，一忽儿又转身回来，走向桥垛下，自言自语道："妈就得到这儿来洗这件衣服，放在这儿罢。"一面说，一面把那件衣服放在桥下石蹬上，起身提着篮回去了。

夕阳渐渐地下去了，那小孩子的父亲肩着锄头回家了，走过桥边洗洗脚，草鞋脱下来提在手里，走回家去。远山外还是一片晚霞灿烂，映着他的脸，愈显得紫澄澄的。他走到家里。"刚换下来的衣服洗了没有？"一个女人答道："洗好了。四月里天气，不信有这么热！一件衬里布衫通通湿透了。"——接着又道："张家大哥回来了，还在城里带着两包纱来给我，说是一角洋钱纺两支。"那父亲道："那不好吗，又多几文进项。"

那父亲又道："我吃过饭到张家去看看他。"小孩子忙着说道："我跟着爸爸同去，张家姊姊叫我去帮他推磨呢。"父亲道："好罢，我们就吃饭罢。"大家吃过饭，那女人点着灯去纺纱了，爷儿俩同着过了桥，到对村张家来。

听着狗汪汪地叫了两声，一间茅屋里走出一个人来说道："好呀！李大哥来了，我午上还在你家里看你们娘子呢，我刚从城里回来就去看你，谁知道已经上了忙了，饭都没有工夫回家吃，我去没有碰着你，你倒来了。"接着三个走进屋子，屋子里点着一盏半明不灭的油灯，摆着几张竹椅子，土壁上挂一张破钟馗，底下就摆一张三脚桌子；桌子旁边坐着一位老婆婆，手里拈着念佛珠，看见李大哥进来忙着叫她孙女翠儿倒茶。一忽儿翠儿同着李家的小孩子到别间屋子里去了，李大就在靠门一张矮竹椅上坐下，说道："谢谢你，张大哥，给我带几支纱回来。"那老婆婆说道："原来你们娘子也纺'厂纱'吗？那才好呢。多少钱纺一支？"张大道："半角洋钱。"老婆婆说道："怪不得他们都要纺纱纺线的。在家里纺着不打紧，隔壁的庞家媳妇不是到上海什么工厂纱厂里去了么？山迢水远的，阿弥陀佛，放着自己儿女在家里不管，赤手赤脚地东摸摸西摸摸，有什么好处！穿吃还不够，镀金戒指却打着一个，后来不知怎么又当了，当票还在我这儿替她收着呢。阿弥陀佛！"

李大问张大道："庞大现在怎么样了？"老婆婆抢着说道："他么？阔得很呢！哼！从城里一回来，就摇摇摆摆地，新洋布短褂，新竹布长衫，好做老爷了。一忽儿锄头碰痛了他的手，一忽儿牛鼻子擦脏了他的裤子，什么都不是了；见着叫都不叫一声，眼眶子里还有人吗？我看着他吃奶长大了的，这忽儿干妈也不用叫一声了，当了什么工头，还是什么婆头呢？阿弥陀佛！算了罢！"

张大道："妈哪儿知道呢？他只好在我们乡下人面前摆摆

阔，见他的鬼呢！我亲眼看见他在工厂门口吃外国火腿①呢，屁股上挨着两脚，那外国人还叽叽咕咕骂个不住，他只板着一张黑黝黝的脸，瞪着眼，只得罢了，还说什么'也是''也是'②。他们那些工厂里的人是人吗？进了工厂出来，一个个乌嘴白眼的，满身是煤灰，到乡下来却又吵什么干净不干净了，我看真像是'鬼装人相'，洋车夫还不如。"

老婆婆道："又来了，拉洋车就好吗？你还不心死？拉洋车和做小工的，阿弥陀佛，有什么好处！有一顿没一顿的。你还想改行拉车么？我说你还是不用到城里罢，水也不用挑了。快到头忙了，自己没有田，帮着人家做做忙工，在家里守着安安稳稳的不好吗？"李大道："婶婶说得对。现在人工短得很，所以忙工的钱也贵了，比在城里挑水也差不了多少，还吃了人家的现成饭，比我自己种那一二亩田还划算得来呢。"

张大道："差却不差，我明后天上城和陈家老爷说，我的挑水夫的执照请他替我去销了罢，横竖陈家老爷太太多慈悲，下次再去求他没有不肯的。人家二文钱一担水，他家给三文，现在涨了，人家给四文钱，他家总算七八文，不然我早已不够吃了。"老婆婆叹口气道："阿弥陀佛，那位老爷太太多子多孙多福多寿。"李大也说声"阿弥陀佛"，说着站起来叫他小

---

① 指遭外国人足踢。

② 即"是"，英语Yes的音译。

孩子道："我们回去罢，小福，出来罢，请翠姐姐空着就到我们家里去玩。"小福答应着，同着翠儿出来。爷儿俩一同告别要走，翠儿还在后面叫着小福道："不要忘了，福弟弟，我们明天同去看燕子呀。"说着，祖孙三个都进屋子里去。

月亮上来了，树影横斜，零零落落散得满地的梨花，狗汪汪地叫着……

劳动的福音

血！……大地茫茫一片荒草；血肉模糊，是夕阳光映着，是太平洋水浇着，雪白的人骨。炸弹，枪炮，轰轰！迷迷糊糊昏昏沉沉烟雾障天，硝烟，硫磺气味；一粒粒米——一颗颗子弹……怕！

汽车前的老虎眼射着洋车夫担粪夫发颤，吼声一响，吓死人呀！麻雀①扑克骰子胡乱来一回——百万军饷还不够么？太太姨太太小姐锦缎纱绸裹着，胭脂雪花香油光润着，一个个美人儿似的——一层层人皮，一滴滴人血人膏……丑！

幸福？人类的幸福？做梦呢！救救我们罢！

俄国人有个俗说："国王病了。下令全国：谁治好国王的病，国王就分半个国给他。许多医生商量，也商量不出来。后来一个医生说道：只要找着一个最有幸福的人的短衫给国王穿了，国王病就能好。可是那最有幸福的人必得没有丝毫缺憾才行。满国去找，找不着。一天晚上王子到乡下闲逛，走过一所茅屋，听得有人说道：'好了，工也做完了，饭也吃饱了，什

———————————
　① 麻雀，即麻将牌。

么事都停当了。我还要什么？安心睡觉！'王子立刻派人去问这最有幸福的人要短衫。可是他——有幸福确是有幸福，却穷得连短衫都没有……"

最有幸福的，只是勤苦的劳动之后。

劳动能给人以完全的幸福，幸福——劳动。

救我们的只有劳动！血呢？赤色化呢？

劳动！你是人类的福音。劳动的福音。

新的宇宙

德国近代的革命家——罗若·卢森保①女士——是一个诚挚热烈的文学家，是现代真正的天才；她有评论俄国文学的巨著，她有朴实可爱的书札；然而她竟被德国"社会民主党"杀了。我们的"红玫瑰"（Red rose）死了！

她在狱中（继行卑士麦克②之禁止共产党令的社会民主党执政时的狱中）的时候，有许多函札寄给黎白克纳赫德③夫人苏菲亚；就中可以看见她有多伟大的文学心灵，有多热烈的革命精神。唉！不幸这"时代之花"竟已死于所谓社会民主党之手！！（1919年1月柏林暴动时她为"革命"政府所杀。）

苏纳池嘉（苏菲亚的小名），你知道罢？——我们欧

---

① 罗若·卢森保（R. Luxemburg，1871—1919），现译罗莎·卢森堡，出生于波兰，1898年移居德国，参加德国工人运动；1918年参与建立德国共产党；1919年1月15日被杀害。

② 卑士麦克（O.Bismarck–Schönhausen，1815—1898），现译俾斯麦，德意志帝国宰相，他在1878年颁布了反社会党人非常法。

③ 黎白克纳赫德（K.Liebknecht，1871—1919），现译李卜克内西，德国共产党创始人之一。与卢森堡同时被杀害。

战之后做什么？我们同到南边去。我知道你天天幻想和我同到意大利去旅行，这是你的心愿。我却想同你到郭尔斯（La Corse）去。这地方比意大利更好。你在那里简直可以忘掉欧洲。你想想：一个广阔古奥的远处，围着有棱有角的山峦丘陵，灰色的原野显露着，这下面蓬勃的橄榄桂栗。这种景物之上，俨然有非人间的寂静，——没有人声，没有鸟语，只有石涧溪流和着岭风呜咽。即使偶然看见人，亦是和这四围环境恰恰相称的。忽然在山崖转角可以看见一群一群的家畜。郭尔斯人不像我们的农民，向来不成群结队地游行，而总是同着家禽或家畜。前面总有一只狗，后面总有一群群的山羊或家鹿，驮着一袋袋的栗子。之后亦是大大的回教师傅，还有两只脚垂在一边，手里抱着小孩子的女人，端端正正坐在他肩上。女人坐得挺直，一动不动好像杉树似的。旁边短短胡须的男人一步一步大踏步地走着。两个人都默然不语。你真可以鞠躬致敬，这是一家神圣家庭。这种景象往往如此地深切感动我，使我无意之中要跪倒于此真正的美之前。那地方《圣经》和古世界还是活着。我们一定要同去，——我一人听曾经享受的，咱们同享一次。步行可以走尽全半岛，每天易地而宿，每早日出就起。这种生活对着你微笑呵！我若能示你以这新宇宙，我多快活……

　　多看看书。你应当，而且你能够精神上的充分营养自己。你还非常之新鲜，非常之年轻活泼。嗯！信是写得完的。祝你安宁喜乐。

你的罗若

又一封信上说：

你知道罢？——有时候我觉得我不是真人，而是人形的鸟或兽。在园隅，田陇，露天之下，绿草之上，我觉得比在什么议会之中反有更"得其所哉"的感想。我对你是可以说的，你决不以为这是对社会主义变节的征兆。你知道，我的人生观虽是这样，我正能死于我所应尽天责之处：街市上的血战中或是在这监狱中。然而我心灵上与我的蚱蜢反相亲近，与我的同志却要比较地疏远。这亦并不是像许多精神破产的政治家，只能在自然界里找着他们遁世退息之所。这正相反：——我在自然界之中刻刻看见许多残忍可恨令我心痛的现象……

然而——

造化的光荣，他各方面竟造得如此之好：

他造出那无限深的大海，

他造出那如飞掠过的船舰，

他造出永永光明的天堂，

他造成大地，——还造成你的容颜。（西班牙民歌）

一九二三年八月十三日。

弟弟的信

　　我带了一本书（《小说月报》）跑到湖滨公园；面着山，靠着水，坐在一张飞来椅上看。头一篇看的是，郑振铎的《欢迎太戈尔》。刚读时，马路上一片的"混账！王八"的骂声——或可以说是狗叫声；因为我的耳鼓的听觉，往往听见这类声音是和狗叫一般，今天回头看见是拥有一个狗心（或者竟是狗多不屑为伍的东西，而是莫可以名的一颗心）的人形机械。——原来是一个衣冠禽兽，在那里骂工人模样的一个人，后来并且将他的兽掌打工人的面颊。我不禁生了一些感想；感想到太戈尔来华之后——在郑振铎的《欢迎太戈尔》文里有说"……给爱与光与安慰与幸福于我们……"的一点。我以为这爱、光、安慰、幸福，是给"人"的，或者切实些说，是给有人情、人性的——可决不是衣冠禽兽"所可得而与"的。这种人，我们只该驱逐，难为保护。这种人，只可使他消灭，不可使他繁殖。

　　随后又读了郑振铎译的《微思》（太戈尔的《飞鸟集》）、徐志摩的《幻想》、徐玉诺的小诗五节，和赵吟声的《秋声》。觉得这些诗意灌满了全身，西湖上的风光包围了全身，全身遂被"情"和"景"剥夺了自由，又因之无忧无虑的大乐。——在此一息中，并且是我有生以来难有的事。——天黑了……

真的不错！天黑了……这漫漫的长夜呵。弟弟，景白，你大概渴望那东方，那东方……早升旭日？然而……你既然能听见骂人，想必在马路上。你那时难道看不见湖滨路上万盏电光的灯火，远远看去好像一顶珠冠？那是在西方，西方一重重的楼房，管弦丝竹的淫声，闻得见酒香肉臭。那里的光明固然是光明，可绝不是太戈尔的"光"和"爱"。你应当懂得，那光明是私有，……哼！你竟亦要私占太戈尔的"光"和"爱"，不给衣冠禽兽。这是你的接触太俗了，激起了你的"我慢"。你为什么不到自然界里去领略太戈尔？他的哲学是所谓"森林哲学"，应当与自然融洽无间的。

"那西湖还不是最好的自然界？"

"西湖么？哼！……西……那总还不是森林！"

一九二三年十月二十八日。

那个城①

沿着大路走向一个城，——一个小孩子赶赶紧紧地跑着。

那个城躺在地上，好人的建筑都横七竖八地互相枕藉着，仿佛呻吟，又像是挣扎。远远地看来，似乎他刚刚被火，——那血色的火苗还没熄灭，一切亭台楼阁砖石瓦砾都煅得煊红。

黑云的边际也像着了火似的，灿烂的红点煊映着，那是深深的创痕。他放着热烈惨黯的烟苗，扫着将坏未坏的城角。那城呵——无限苦痛斗争，为幸福而斗争的地方——流着鲜红……鲜红的血。

小孩子走着；黄昏黯淡的时分，灰色的道旁，那些树影——沉沉的垂枝，一动不动覆着默然不语的大地：——只隐隐地听着噔噔的足音。

天上满布着云，星也看不见，丝毫物影都没有，深晚呵，又悲哀又沉寂。小孩子的足音是唯一的神秘的"动"。四围为什么这样静？——小孩子背后跟着就是无声的夜，披着黑氅，——愈看他愈远。

---

① 这是象征小说。那个城即指俄国大革命，文中的小孩即指中国。

黄昏已经畏缩，赶紧拥抱一切城头塔顶，雁行的房屋，拥抱在自己的怀里。园圃，树林，烟突；一切一切都渐渐地黑，渐渐地消灭，始终镇压在夜之黑暗里。

他却默然地走着，漠然地看着那个城，脚步也不加快，孤寂，细小……可是似乎那个城却等待着他，他是必需的，人人所渴望的，就是青焰赤苗的火也都等着他。

夕阳——熄灭了。雉堞，塔影，都不见了。城小了些，矮了些，差不多更紧贴了那哑的大地。

城上喷着光华奇彩，在模模糊糊的雾里。现在他已经不像火烧着，血染着的了。——那些行列不整的屋脊墙影，仿佛含着什么仙境，——可是还没建筑完全，好像是那为人类创造这伟大的城的人已经疲乏了，睡着了，失望了，抛弃了一切而去了，或者丧失了信仰——就此死了。

那个城呢——活着，热烈至于晕绝地希望着自己完成仙境，高入云霄，接近那光华的太阳。他渴望生活，美，善；而在四围静默的农田里，奔流着潺潺的溪涧，垂覆在他之上的苍穹又渐渐地映着紫……暗，红的新光。

小孩子站住，掀掀眉，舒舒气，定定心心地，勇勇敢敢地向前看着，一会儿又走起来了，走得更快。

跟在他后面的夜，却低低的，像慈母似的向他说道：

——"是时候了，小孩子，走罢！他们——等着呢……"

读高尔基后。一九二三年十一月十五日。

世纪末的悲哀

时代也是有主人的。对于有些人这是世纪末；对于另外一些人这也许是世纪初——黄金时代的开始呢。然而，黄金时代虽然不远，却不是这么容易达到的。这要经过血污池、奈何桥、刀山、油锅，以及……一切种种这类的东西。这条路上——到黄金时代的路上，究竟是悲哀，是痛苦，是兴奋，是快乐，是痛快？这都是又当别论，不在乱谈之列。

只说世纪末的人们的确充满着悲哀，实在可怜！

世纪末的人原本是都有"怕血症"的，一见着这么几点儿血渍，他就战栗着，痉挛着……吓得个半死不活。呵！神经衰弱的时代呵！但是，神经衰弱的人之中，有些因为得病的病根来得特别，他们会一跳起来"放下屠刀，立地成佛"，突然变成空前的，而且一定绝后的勇敢。怕血症会变成渴血症。天在旋转着，地在震荡着，洪水泛滥着，火山爆裂着，牛马怒吼着……这是什么？是世界的末日到了？驾驭这个世界的上帝，就雇用那些神经衰弱而又勇敢得空前绝后的人，来支持这个世界。也许正因为受着上帝的雇用，所以变得这么勇敢。他们张大了吃人的血口，他们实在口渴得很，他们专门要吃奴隶牛马的血。他们想把黄河扬子江似的血都喝干净。他们正在哼哈着，叱咤着，叫喊着，要叫出古代的英雄，要叫出三代的道统，要叫出民族的精魂，来救命，来……叫着的是："天下孰能一之？曰：唯有嗜杀人者能一之！"①这样的叫喊，真像黑夜里小孩子的叫喊，越是叫得响，越是因为他们胆怯，这是自欺欺人的叫喊，不过想要掩饰自己的害怕，盖住内心的悲哀，世纪末的悲哀。这是悲哀得发狂了。

同时，世纪末的人们之中，有些却很忠实于自己的怕血症。他们像兔子一样的"聪明"：把自己的头和美丽的血红的眼睛，躲在自己的脚爪底下，就自以为别人不看见它了，因为它看不见别人了。他们死也不肯走出"象牙之塔"，也许走出了"象牙之塔"，又走进了"水晶之宫"。象牙塔和水晶宫还不是一样地建筑在血肉模糊的骷髅场上？但是你不知道，在象牙塔和水晶宫的里面，始终是别有天地非人间的。这里有肉感，有爱神，有……这里是多么清闲，又多么孤寂，这里多么潇洒又多么怅惘！即使不幸谪出了象牙塔和水晶宫，也还会吹箫吴市②，做个风雅乞丐。一样可以有牢骚，有落拓……等等的诗境和灵感。所有这些上帝御选的人，总不免要口中念念有

---

① 《孟子·梁惠王》："'天下恶乎定？'吾对曰：'定于一。''孰能一之？'曰：'不嗜杀人者能一之。'……"

② 吹箫吴市，春秋时伍员（子胥）自楚逃至吴国后，曾在吴市吹箫乞食。

词，哼哼唧唧。这是些什么神秘的咒语，还是白天说梦话？不是的。这是仙人传授的口诀，念着可以解救世界末日的劫数。如果奴隶牛马也会这样高尚，也会学着哼哼唧唧，那么，天下的一切怨气都可以宣泄净尽，再也不会有什么天崩地陷的灾祸。是的，这并不是无病的呻吟。病就在于世纪末，病就在于世纪末的悲哀，那是衷心不可救药的无穷无尽的悲哀。这也是悲哀得发狂了。

发狂的病是有好些种，上面讲的，就是武痴和文痴的分别。如果豺狼猫狗的万牲园看厌了的话，那么，不妨看看这文痴武痴的疯人院，倒也怪有趣的。

九，十。

一种云

天总是皱着眉头。太阳光如果还射到地面上，那也总是熹微的淡薄的。至于月亮，那更不必说，他只是偶然露出半面，用他那惨淡的眼光看一看这罪孽的人间，这是孤儿寡妇的眼光，眼睛里含着总算还没有流完的眼泪。受过不止一次封禅大典①的山岳，至少有大截是上了天，只留一点山脚给人看。黄河，长江……据说是中国文明的父母，也不知道怎么变了心，对于他们的亲生骨肉，都摆出一副冷酷的面孔。从春天到夏天，从秋天到冬天，这样一年年地过去，淫虐的雨，凄厉的风和肃杀的霜雪更番地来去，一点儿光明也没有。这样的漫漫长夜，已经二十年了。这都是一种云在作祟。那云为什么这样屡次三番地摧残光明？那云是从什么地方来的？这是太平洋上的大风暴吹过来的，这是大西洋上的狂飙吹过来的。还有那些模糊的血肉——榨床底下淌着的模糊的血肉蒸发出来的。那些会画符的人——会写借据、会写当票的人，就用这些符篆在呼召。那些吃田地的土蜘蛛，——虽然死了也不过只要六尺土地

---

①　封禅大典，古代帝王到泰山、梁父山祭祀天地的仪式。

葬他的贵体，可是活着总要吃住这么二三百亩田地，——这些土蜘蛛就用屁股在吐着。那些肚里装着铁心肝铁肚肠的怪物，又竖起了一根根的烟囱在喷着。狂飙风暴吹过来的，血肉蒸发出来的，符箓呼召来的，屁股吐出来的，烟囱喷出来的，都是这种云。这是战云。

难怪总是漫漫的长夜了！

什么时候才黎明呢？

看那刚刚发现的虹。祈祷是没有用的了。只有自己去做雷公公、电闪娘娘。那虹发现的地方，已经有了小小的雷电，打开了层层的乌云，让太阳重新照到紫铜色的脸。如果是惊天动地的霹雳——这可只有自己做了雷公公、电闪娘娘才办得到。要使小小的雷电变成惊天动地的霹雳，那才拨得满天的愁云惨雾。

九，三。

沉　默

世界上有那种"听得见历史的脚步"的耳朵。他们要像猎狗一样，把耳朵贴伏在土地上，然后他们的耳朵才听得见深山里的狼叫和狮吼。可是，这种耳朵有时候也会生病的；生了病的耳朵就觉得什么都是沉默了。

何况这世界上的声音并非都是中听的。不中听的声音，还有人故意把它淹没住了。于是乎更觉得什么都是沉默的了。

远一些：譬如大西洋的英国舰队里，据说曾经发出革命歌的歌声，——那些英国水兵反对麦克唐纳的国民政府减少兵士的饷银，一致罢操，把舰队开到了伦敦，违抗国民政府的命令（《申报》）。过不了多少时候，这些革命歌的歌声听不见了。难道就这么沉默了？！近一些：在中国的满洲，"日兵中有受日本全国劳动协会暨共产党……各机关报之感触者，——该机关报刊载反对侵略满洲之论文，并谓出兵为进攻苏俄之前阶——以为抛妻别子为谁战争，为谁侵占满洲，故一部分兵士，于进攻马占山时，主张怠战，……旋日军于下令进攻大兴时，驱此二三百名日兵为最前线，而白川大将竟密令亲信兵士，在后用机关枪扫射，可怜此二三百名日兵，均遭残杀。"

（上海《社会日报》）这些主张急战的呼声和机关枪扫射的响声，我们也没有听见。这些声音难道也都是沉默的吗？

当然不是的！不过这一类的声音对于民族主义者，都是不中听的。民族主义者之中的"最左派"尚且认为"工人无祖国"；对于日本欧美的劳动者，至多是"或许要有一部分的理由"。因此，所有这些不中听的声音，一概都淹没起来。

关于我们中国自己人的声音，那就更不必说了。

中国的平民小百姓还沉默吗？据那些生着"听得见历史脚步"的耳朵的人说——是的。事实上可不是的。

那些呼吼着的反抗的声音，虽然已经震动着山谷，然而绅商只要还有一分的力量，他们也必定竭力去淹没的。至于对付将要呼吼起来的声音，那就有一切种种的武器，可以用来堵住民众的嘴和鼻子，割断那些会呼吼的喉管。于是乎对人说：这些小百姓沉默了！

但是，总有那一天——这些不中听的声音终究要淹没不住的。

暂时，并不是平民小百姓沉默，而是绅商大人还在垂死挣扎地大呼小叫；因此，大人老爷们的救命的叫喊，在一些地方盖过了平民小百姓的反抗的呼吼。这或许也是一种沉默。

这种"沉默"都是气象测验术里的一个术语。读者先生想一想：夏天，暴风雨之前，霹雳的雷声正要响出来可还没有响的那几秒钟，宇宙间的一切都像静止了，——好比猫要扑到老鼠身上去的时候一样，它是特别地沉默，——一根绣花针落到地板上去都可以听得见的。这种静止和沉默之后，跟着就要有真正震动世界的霹雳！

一九三一，一二，二六。

暴风雨之前

宇宙都变态了！

一阵阵的浓云；天色是奇怪的黑暗，如果它还是青的，那简直是鬼脸似的靛青的颜色。是烟雾，是灰沙，还是云翳把太阳蒙住了？为什么太阳会是这么惨白的脸色？还露出了恶鬼似的雪白的十几根牙齿？

这青面獠牙的天日是多么鬼气阴森，多么凄惨，多么凶狠！

山上的岩石渐渐地蒙上一层面罩，沙滩上的沙泥簌簌地响着。远远近近的树林呼啸着，一忽儿低些，一忽儿高些，互相唱和着，呼啦呼啦……嘁嘁喳喳……——宇宙的呼吸都急促起来了。

一阵一阵的成群的水鸟，不知道在什么地方受着了惊吓，慌慌张张地飞过来。它们想往哪儿去躲？躲不了的！起初是偶然的，后来简直是时时刻刻发现在海面上的烁亮的，真所谓飞剑似的，一道道的毫光闪过去。这是飞鱼。它们生着翅膀，现在是在抱怨自己的爷娘没有给它们再生几只腿。它们往高处跳。跳到哪儿去？始终还是落在海里的！

海水快沸腾了。宇宙在颠簸着。

一股腥气扑到鼻子里来。据说是龙的腥气。极大的暴风雨和霹雳已经在天空里盘旋着，这是要"挂龙"了。隐隐的雷声一阵紧一阵松地滚着，雪亮的电闪扫着。一切都低下了头，闭住了呼吸，很慌乱地躲藏起来。只有成千成万的蜻蜓，一群群地哄动着，随着风飞来飞去。它们是奇形怪状的，各种颜色都有：有青白紫黑的，像人身上的伤痕，也有鲜丽的通红的，像人的鲜血。它们都很年轻、勇敢，居然反抗着青面獠牙的天日。

据说蜻蜓是"龙的苍蝇"。将要"挂龙"——就是暴风雨之前，这些"苍蝇"闻着了龙的腥气，就成群结队地出现。

暴风雨快要来了。暴风雨之中的雷霆，将要辟开黑幕重重的靛青色的天。海翻了个身似的泼天的大雨，将要洗干净太阳上的白翳。没有暴风雨的发动，不经过暴风雨的冲洗，是不会重见光明的。暴风雨呵，只有你能够把光华灿烂的宇宙还给我们！只有你！

但是，暂时还只在暴风雨之前。"龙的苍蝇"始终只是些苍蝇，还并不是龙的本身。龙固然已经出现了，可是，还没有扫清整个的天空呢。

一九三一，一二，二七。

"儿时"

狂胪文献耗中年，亦是今生后起缘；

猛忆儿时心力异，一灯红接混茫前。

——定盫诗

生命没有寄托的人，青年时代和"儿时"对他格外宝贵。这种罗曼蒂克的回忆其实并不是发现了"儿时"的真正了不得，而是感觉到"中年"以后的衰退。本来，生命只有一次，对于谁都是宝贵的。但是，假使他的生命溶化在大众的里面，假使他天天在为这世界干些什么，那么，他总在生长，虽然衰老病死仍旧是逃避不了，然而他的事业——大众的事业是不死的，他会领略到"永久的青年"。而"浮生如梦"的人，从这世界里拿去的很多，而给这世界的却很少，——他总有一天会觉得疲乏地死亡：他连拿都没有力量了。衰老和无能的悲哀，像铅一样的沉重，压在他的心头。青春是多么短呵！

"儿时"的可爱是无知。那时候，件件都是"知"，你每天可以做大科学家和大哲学家，每天在发现什么新的现象、新的真理。现在呢？"什么"都已经知道了，熟悉了，每一个人的脸都已经看厌了。宇宙和社会是那么陈旧、无味，虽则它们其实比"儿时"新鲜得多了。我于是想念"儿时"，祷告"儿时"。

不能够前进的时候，就愿意退后几步，替自己恢复已经走过的前途。请求"无知"回来，给我求知的快乐。可怕呵，这生命的"停止"。

过去的始终过去了，未来的还是未来。究竟感慨些什么——我问自己。

一九三三，九，二八。

光的礼赞

这世界对于我仍然是非常美丽的。一切新的、斗争的、勇敢的都在前进。那么好的花朵、果子，那么清秀的山和水，那么雄伟的工厂和烟囱，月亮的光似乎也比从前更光明了。

但是，永别了，美丽的世界！

多余的话

"知我者，谓我心忧；

不知我者，谓我何求。"①

何必说？——代序

话既然是多余的，又何必说呢？已经是走到了生命的尽期，余剩的日子，不但不能按照年份来算（甚至不能按星期来算了），就是有话，也可说可不说的了。

但是，不幸我卷入了"历史的纠葛"——直到现在，外间好些人还以为我是怎样怎样的。我不怕人家责备、归罪，我倒怕人家"钦佩"。但愿以后的青年不要学我的样子，不要以为我以前写的东西是代表什么什么主义的。所以我愿意趁这余剩的生命还没有结束的时候，写一点最后的最坦白的话。

而且，因为"历史的误会"，我15年来勉强做着政治工

① 这是诗经《黍离》篇中的两句。相传周平王东迁后，其旧臣行役到故都遗址丰镐，见往日的宗庙宫室都平为田地，尽为禾黍。这种悲凉景象，引起他无限感慨、忧伤彷徨，因而作了此诗——《黍离》。

作。——正因为勉强，所以也永久做不好，手里做着这个，心里想着里（那）个。在当时是形格势禁，没有余暇和可能说一说我自己的心思，而且时刻得扮演一定的角色。现在我已经完全被解除了武装，被拉出了队伍，只剩得我自己了，心上有不能自已的冲动和需要。说一说内心的话，彻底暴露内心的真相。布尔塞维克所讨厌的小布尔乔亚[①]智识者的自我分析的脾气，不能够不发作了。

虽然我明知道这里所写的，未必能够到得读者手里，也未必有出版价值，但是，我还是写一写罢。人往往喜欢谈天，有时候不管听的人是谁，能够乱谈几句，心上也就痛快了。何况我是在绝灭的前夜，这是我最后"谈天"的机会呢！

瞿秋白

一九三五，五，一七　于汀州狱中

"历史的误会"

我在母亲自杀家庭离散之后，孑然一身跑到北大（京），只愿（本想）能够考进北大，研究中国文学，将来做个教员度过这一世。什么"治国平天下"的大志都是没有的，坏在"读

---

① 小布尔乔亚，即小资产阶级，法语un pefit-bourgaois的音译。

书种子"爱书本子，爱文艺，不能安分守己地专心于升官发财。到了北京之后，住在堂兄纯白家里，北大的学膳费也希望他能够帮助我——他却没有这种可能，叫我去考普通文官考试，又没有考上，结果，是挑选一个既不要学费又有"出身"的外交部立俄文专修馆去进。这样，我就开始学俄文了（1917年夏），当时并不知道俄国已经革命，也不知道俄国文学的伟大意义，不过当作将来谋一碗饭吃的本事罢了。

1918年开始看了许多新杂志，思想上似乎有相当的进展，新的人生观正在形成。可是，根据我的性格，所形成的与其说是革命思想，毋宁说是厌世主义的理智化。所以最早我同郑振铎、瞿世英、耿济之几个朋友组织《新社会》①杂志的时候，我是一个近于托尔斯泰派的无政府主义者，而且，根本上我不是一个"政治动物"。五四运动期间，只有极短期的政治活动。不久，因为已经能够查着字典看俄国文学名著，我的注意力就大部分放在文艺方面了。对于政治上的各种主义，都不过略略"涉猎"求得一些现代常识，并没有兴趣去详细研究。然而可以说，这时就开始"历史的误会"了：事情是这样的——五四运动一开始，我就当了俄文专修馆的总代表之一。当时的（一些）同学里，谁也不愿意干，结果，我得做这一学校的

---

① 《新社会》是瞿秋白同郑振铎、瞿世英、耿济之等人1919年11月1日创办于北京的旬刊，次年5月，被反动当局封闭。

"政治领袖"，我得组织同学群众去参加当时的政治运动。不久，李大钊、张崧年他们发起马克思主义研究会（或是"俄罗斯研究会"罢？）①，我也因为读了俄文的倍倍尔的《妇女与社会》②的某几段，对于社会——尤其是社会主义最终理想发生了好奇心和研究的兴趣，所以也加入了。这时候大概是1919年底1920年初，学生运动正在转变和分化，学生会的工作也没有以前那么热烈了。我就多读了一些书。

最后，有了机会到俄国去了——北京《晨报》③要派通信记者到莫斯科去，来找我。我想，看一看那"新国家"，尤其是借些（此）机会把俄国文学好好研究一下，的确是一件最惬意的事，于是就动身去（1920年8月）④。

───────────────

① 马克思主义研究会是在李大钊的组织和指导下，由当时北京大学学生邓中夏、张国焘、刘仁静等人发起，1920年3月创立于北京。不久，瞿秋白加入该会。

② 此为《妇女与社会主义》（Femme et Socialisme）一名之误。其作者倍倍尔（1840—1913）是德国社会民主党和第二国际的创始者和领导者之一。他运用历史唯物主义的观点，正确分析了妇女受歧视、受压迫的社会根源和阶级根源，明确指出私有制的产生是社会上"轻视甚至蔑视妇女"的开始。瞿秋白不仅读过倍倍尔这本名著，而且在1920年4月13日翻译过倍倍尔的著作《社会之社会化》一文（刊载于《改造》第3卷，第4—7期）。

③ 《晨报》是进步党后身研究系的机关报，初名《晨钟报》。1916年8月创刊于北京，1928年6月5日停刊。

④ 据瞿秋白在《饿乡纪程》一书中记述，他是1920年10月16日从北京动身去莫斯科的。这里的"8月"，可能是瞿秋白接受北京晨报馆聘请的日期。

最初，的确吃了几个月黑面包，饿了好些时候。后来俄国国内战争停止，新经济政策实行，生活也就宽裕了些。我在这几个月内，请了私人教授，研究俄文、俄国史、俄国文学史；同时，为着（应付）晨报的通信，也很用心看俄国共产党的报纸、文件，调查一些革命事迹。我当时对于共产主义只有同情和相当的了解，并没有想到要加入共产党，更没心思要自己来做中国共产党的"创始人"。因为那时候，我误会着加入了党就不能专修文学——学文学仿佛就是不革命的观念，在当时已经通行了。

　　可是，在当时的莫斯科，除我以外，一个俄文翻译都找不到。因此，东方大学开办中国班的时候（1921年秋），我就当了东大的翻译和助教；因为职务的关系，对马克思主义的理论书籍不得不研究些，而文艺反而看得少了。不久（1922年底），陈独秀代表中国共产党到莫斯科（那时我已经是共产党员，还是张太雷介绍我进党的）①，我就当他的翻译。独秀回国的时候，他要我回来工作，我就同了他回到北京。于右任、邓中夏等创办"上海大学"的时候，我正在上海。这是1923年夏天。他们请我当上大的教务长兼社会学系主任。那时，我在党内只兼着一点宣传工作，编辑《新青年》。

---

　　① 陈独秀这次到苏联是参加共产国际在彼得堡（后移于莫斯科）举行的第四次代表大会的。参加会议者还有瞿秋白、刘仁静等人。

上大初期，我还有余暇研究一些文艺问题，到了国民党改组，我来往上海广州之间，当翻译，参加一些国民党工作（例如上海的国民党中央执行部的委员等），而1925年1月共产党第四次全国代表大会，又选举了我为中央委员①。这时候，就简直完全只能做政治工作了。我的肺病又不时发作，更没有可能从事于我所爱好的文艺。虽然我当时对政治问题还有相当的兴趣，可是有时也会怀念着文艺而"怅然若失"的。

　　武汉时代的前夜（1927年初），我正从重病之中脱险。将近病好的时候，陈独秀、彭述之等的政治主张，逐渐暴露机会主义的实质，一般党员对他们失掉信义（仰）。在中国共产党第五次大会上（1927年四五月间），独秀虽然仍旧被选，但是对于（党的）领导已经不大行了。武汉的国共分裂之后，独秀就退出中央。那时候，没有别人主持，就轮到我主持中央政治局。其实，我虽然在1926年底及1927年初就发表了一些议论反对彭述之，随后不得不反对陈独秀，可是，我根本上不愿意自己来代替他们——至少是独秀。我确是一种调和派的见解。当时只想独秀能够纠正他的错误观念，不听述之的理论。等到实逼处此，要我"取独秀而代之"，我一开始就觉得非常之"不合式（适）"，但是，又没有（什么）别的办法。这样我担负

――――――――――

　　①　党的四大之后，瞿秋白同陈独秀、蔡和森、张国焘、彭述之组成中央五人主席团（即中央常委会）。

了直接的政治领导有一年光景（1927年7月到1928年5月）。这期间发生了南昌暴动，广州暴动，以及最早的秋收暴动。当时，我的领导在方式上同独秀时代不同了。独秀是事无大小都参加（和）主持的。我却因为对组织尤其是军事非常不明了，也毫无兴趣，所以只发表一般的政治主张，其余调遣人员和实行的具体计划等，就完全听组织部军事部去办。那时（自己）就感觉到空谈无聊，但是，（一）转念要退出领导地位，又感得好像是拆台。这样，勉强着自己度过了这一时期。

1928年6月间共产党开第六次大会的时候，许多同志反对我，也有许多同志赞成我。我的进退成为党的政治主张的连带问题。所以，我虽然屡次想说："你们饶了我吧，我实在没有兴趣和能力负担这个领导工作了。"但是，终于没有说出口。当时形格势禁，旧干部中没有别人，新干部起来领导的形势还没有成熟，我只得仍旧担着这个名义。可是，事实上六大之后，中国共产党的直接领导者是李立三和向忠发等。因为他们在国内主持实际工作，而我只在莫斯科当代表当了两年。直到立三的政治路线走上了错误的道路，我回到上海开三中全会（1930年9月底），我更觉得自己的政治能力确实非常薄弱，竟辨别不出立三的错误程度。结果，中央不得不再召集会议——就是四中全会，来开除立三的中央委员、我的政治局委员，新干部起来接替了政治上的最高领导。我当时觉得松了一口气。从1925年到1931年初，整整五年，我居然当了中国共产党领袖之一，最后三年甚至仿佛是最主要的领袖（不过并没有像外间所传说的"总书记"的名义）。

我自己忖度着，像我这样性格、才能、学识，当中国共产党的领袖确实是一个"历史的误会"。我本是一个半吊子的"文人"而已，直到最后还是"文人结（积）习未除"的。对于政治，从1927年起就逐渐减少兴趣，到最近一年——在瑞金的一年实在完全没有兴趣了。工作是"但求无过"的态度，全国的政治情形（形势）实在懒得问。一方面固然是身体衰弱，精力短少，而表现十二分疲劳的状态；另一方面也是十几年为着"顾全大局"勉强负担一时的政治翻译、政治工作，而一直拖延下来，实在违反我的兴趣和性情的结果。这真是十几年的一场误会、一场噩梦。

我写这些话，决不是要脱卸什么责任——客观上我对共产党或是国民党的"党国"应当负什么责任，我决不推托，也决不能用我主观的情绪来加以原谅或者减轻。我不过想把（我的）真情，在死之前，说出来罢了。总之，我其实是一个很平凡的文人，竟虚负了某某党的领袖的声名十来年，这不是"历史的误会"，是什么呢？

脆弱的二元人物

一只羸弱的马拖着几千斤的辎重车，走上了险峻的山坡，一步步地往上爬，要往后退是不可能，要再往前去是实在不能胜任了。我在负责政治领导的时期，就是这样的一种感觉。欲罢不能的疲劳使我永久感觉一种无可形容的重压。精神上、政治上的倦怠，使我渴望"甜蜜的"休息，以至于脑经（筋）麻木，停止一切种种思想。1931年1月的共产党四中全会开除了我的政治局委员之后，我的精神状态的确是"心中空无所有"的情形，直到现在还是如此。

我不过满36岁（虽然照阴历的习惯算我今年是38岁），但是，自己觉得已经非常的衰惫，丝毫青年壮年的兴趣都没有了。不但一般的政治问题懒得无（去）思索，就是一切娱乐，甚至风景都是漠不相关的了。本来我从1919年就得了吐血病，一直没有好好医治的机会。肺结核的发展曾经在1926年走到非常危险的阶段，那年幸而勉强医好了。可是立即赶到武汉去，立即又是半年最忙碌紧张的工作。虽然现在肺痨的最危险期逃过了，而身体根本弄坏了，虚弱得简直是一个废人。从1920年直到1931年初，整整十年——除却躺在床上不能行动神志昏瞀的几天以外——我的脑经（筋）从没有得到休息的日子。在负责时期，神经的紧张自然是很厉害的，往往十天八天连续地不安眠，为着写一篇政治论文或者报告。这继续十几年的不休息，也许是我精神疲劳和十分厉害的神经衰弱的原因，然而究竟我离衰老时期还很远。这十几年的辛劳，确实算起来，也不能说怎么了不得，而我竟成了颓丧残废的废人了。我是多么脆弱，多么不禁磨炼呵！

或者，这不仅是身体本来不强壮，所谓"先天不足"的原因罢。

我虽然到了十三四岁的时候就很贫苦了，可是我的家庭，世代是所谓"衣租食税"的绅士阶级，世代读书，也世代做官。我五六岁的时候，我的叔祖瞿赓韶，还在溯北布政司（使）任上。他死的时候，正署理湖北巡抚。因此，我家的田地房屋虽然在几十年前就已经完全卖尽，而我小的时候，却靠着叔祖伯父的官俸过了好几年十足的少爷生活。绅士的体面"必须"继续维持。我母亲宁可自杀而求得我们兄弟继续读书的可能；而且我母亲因为穷而自杀的时候，家里往往没有米煮饭的时候，我们还用着一个仆妇（积欠了她几个月的工资，到现在还没有还清）。我们从没有亲手洗过衣服，烧过一次饭。

直到那样的时候，为着要穿长衫，在母亲死后，还剩下四十多元的裁缝债，要用残余的木器去抵账。我的绅士意识——就算是深深潜伏着表面不容易察觉罢——其实是始终没脱掉的。

同时，我二十一二岁，正当所谓人生观形成的时期，理智方面是从托尔斯泰式的无政府主义很快就转到了马克思主义。

人生观或是主义，这是一种思想方法——所谓思路；既然走上了这条思路，却不是轻易就能改换的。而马克思主义是什么？是无产阶级的宇宙观和人生观。这同我潜伏的绅士意识、中国式的士大夫意识，以及后来蜕变出来的小资产阶级或者市侩式的意识，完全处于敌对的地位。没落的中国绅士阶级意识之中，有些这样的成分：例如假惺惺地仁慈礼让，避免斗争……以至寄生虫式的隐士思想。（完全破产的绅士往往变成城市的波希美亚——高等游民，颓废的、脆弱的、浪漫的，甚至狂妄的人物。说得实在些，是废物。我想，这两种意识在我内心里不断地斗争，也就侵蚀了我极大部分的精力。我得时时刻刻压制自己的绅士和游民式的情感，极勉强地用我所学到的马克思主义的理智来创造新的情感、新的感觉方法。可是无产阶级意识在我的内心里是始终没得到真正的胜利的。）

正当我出席政治会议，我就会"就事论事"，抛开我自己的"感觉"专就我所知道的那一点理论去推断一个问题，决定一种政策，等等。但是，我一直觉得这工作是"替别人做的"。我每次开会或者做文章的时候，都觉得很麻烦，总在急急于结束，好"回到自己那里去"休息。我每每幻想着：我愿意到随便一个小市镇上去当一个教员，并不是为着发展什么教育，只不过求得一口饱饭罢了。在余暇的时候，读读自己所爱读的书，文艺、小说、诗词、歌曲之类，这不是很逍遥的吗？

这种二元化的人格，我自己早已发觉——到去年更是完完全全了解了，已经不能够丝毫自欺的了，但是八七会议之后，我没有公开地说出来，四中全会之后也没有说出来，在去年我还是决断不下，一（以）致延迟下来，隐忍着，甚至对之华（我的爱人）也只偶然露一点口风，往往还要加一番弥缝的话。没有这样的勇气。

可是真相是始终要暴露的，"二元"之中总有"一元"要取得实际上的胜利。正因为我的政治上的疲劳倦怠，内心的思想斗争不能再持续了。老实说，在四中全会之后，我早已成为十足的市侩——对于政治问题我竭力避免发表意见。中央怎样说，我就依着怎样说，认为我说错了，我立刻承认错误，也没有什么心思去辩白。说我是机会主义就是机会主义好了，一切工作只要交代得过去就算了。我对于政治和党的种种问题，真没有兴趣去注意和研究。只因为六年的"文字因缘"，对于现代文学以及文学史上的各种有趣的问题，有时候还有点兴趣去思考一下，然而大半也是欣赏的份数居多，而研究分析的份数较少。而且体力的衰弱也不容许我多做思索了。

体力上的感觉是：每天只要用脑到两三小时以上，就觉得十分疲劳，或者过分的畸形的兴奋（——无所谓的兴奋），以至于不能睡觉，脑痛……冷汗。

唉，脆弱的人呵！所谓无产阶级的革命队伍需要这种东西干吗?！我想，假定我还保存这多余的生命若干时候，我另有拒绝用脑的一个方法，我只做些不用自出心裁的文字工作，

"以度余年"。但是，最好是趁早结束了罢。

我和马克思主义

当我开始我的社会生活的时候，正是中国的"新文化"运动的浪潮非常汹涌的时期。为着继续深入地研究俄文和俄国文学，我刚好又不能不到世界第一个"马克思主义的国家"去。我那时的思想是很紊乱的：十六七岁时开始读了些老庄之类的子书，随后是宋儒语录，随后是佛经、《大乘起信论》①——直到胡适之的《哲学史大纲》、梁濑溟（漱溟）的《印度哲学》，还有当时出版的一些科学理论、文艺评论。在到俄国之前，固然已经读过倍倍尔的著作、《共产党宣言》之类极少几本马克思主义的书籍，然而对马克思主义的认识是根本说不上的。

而且，我很小的时候，就不知怎样有一个古怪的想头：为什么每一个读书人都要去"治国平·天下"呢？各人找一种学问或是文艺研究一下不好吗？所以我到俄国之后，虽然因为职务的关系，时常得读些列宁他们的著作、论文、演讲，可是这不过求得对于俄国革命和国际形势的常识，并没有认真去研究。

---

① 《大乘起信论》是佛教论著，其内容为阐释大乘教理，提出了"真如缘起"之说，与唯识宗的"阿赖耶缘起"说相对立，引起许多争论。

政治上一切种种主义，正是"治国平天下"的各种不同的脉案和药方。我根本不想做"王者之师"，不想做"诸葛亮"——这些事自然有别人去干——我也就不去深究了。不过，我对于社会主义或共产主义的终极理想，却比较有兴趣。

记得当时懂得了马克思主义的共产社会同样是无阶级、无政府、无国家的最自由的社会，我心上就很安慰了，因为这同我当初无政府主义，和平博爱世界的幻想没有冲突了。所不同的是手段，马克思主义告诉我要达到这样的最终目的，客观上无论如何也逃不了最尖锐的阶级斗争，以至无产阶级专政——也就是无产阶级统治国家的一个阶级（段）。为着要消灭"国家"，一定要先组织一时期的新式国家；为着要实现最彻底的民权主义（也就是无所谓民权的社会），一定要（先）实行无产阶级的民权。这表面上"自相矛盾"，而实际上很有道理的逻辑——马克思主义所谓辩证法——使我很觉得有趣。我大致了解了这问题，就搁下了，专心去研究俄文，至少有大半年，我没有工夫去管什么主义不主义。

后来，莫斯科东方大学要我当翻译，才没有办法又打起精神去看那一些书。谁知越到后来就越没有工夫继续研究文学，不久就喧宾夺主了。

但是，我第一次在俄国不过两年，真正用功研究马克思主义的常识不过半年。这是随着东大课程上的需要看一些书。明天要译经济学上的哪一段，今天晚上先看过一道，作为预备。

其他唯物史观哲学等等也是如此。这绝不是有系统的研究。至于第二次我到俄国（1928—1920年），那是当着共产党的代表，每天开会，解决问题，忙个不了，更没有工夫做有系统的学术上的研究。

马克思主义上的主要部分：唯物论的哲学，唯物史观——阶级斗争的理论，以及经济政治学，我都没有系统地研究过。《资本论》——我就根本没有读过，尤其对于经济学我没有兴趣。我的一点马克思主义理论的常识，差不多都是从报章杂志上的零星论文和列宁几本小册子上得来的。

可是，在1923年的中国，研究马克思主义以至一般社会科学的人，还少得很。因此，仅仅因此，我担任了上海大学社会学系教授之后，就逐渐地偷到所谓"马克思主义的理论家"的虚名。其实，我对这些学问，的确只知道一点皮毛。当时我只是根据几本外国文的书籍转译一下，编了一些讲义。现在看起来，是十分幼稚、错误百出的东西。现在已经有许多新进的青年，许多比较有系统地研究了马克思主义的学者——而且国际的马克思主义的学术水平也提高了许多。

还有一个更重要的"误会"，就是用马克思主义来研究中国的现代社会，部分是研究中国历史的发端——也不得不由我来开始尝试。五四以后的五年中间，记得只有陈独秀、戴季陶、李汉俊几个人写过几篇关于这个问题的论文，可是都是无关重要的。我回国之后，因为已经在党内工作，虽然只有一知半解的马克思主义智识，却不由得我不开始这个尝试：分析中国资本主义关系的发展程度，分析中国社会阶级分化的性质、阶级斗争的形势、阶级斗争和反帝国主义的民族解放运动的关系，等等。

从1923年到1927年，我在这方面的工作，自然，在全党同志的督促、实际斗争的反映，以及国际的领导之下，逐渐有相当的进步。这绝不是我一个人的工作，越到后来，我的参加是越少。单就我的"成绩"而论，现在所有的马克思主义者都可明显地看见，我在当时所做的理论上的错误，共产党怎样纠正了我的错误，以及我的幼稚的理（论）著之中包含着怎样混杂和小资产阶级机会主义的成分。

这些机会主义的成分发展起来，就形成错误的政治路线，以致于中国共产党中央委员会不能不开除我的政治局委员。的确，到1930年，我虽然在国际参加了两年的政治工作，相当得到一些新的智识，受到一些政治上的锻炼，但是，不但不进步，自己反而觉得退步了。中国的阶级斗争早已进到了更高的阶段，对于中国的社会关系和政治形势，需要更深刻更复杂的分析，更明了的判断，而我的那点智识绝对不够，而且非无产阶级的反布尔塞维克的意识就完全暴露了。当时，我逐渐觉得许多问题，不但想不通，甚至不想动了。新的领导者发挥某些问题议论之后，我会感觉到松快，觉得这样解决原是最适当不过的，我当初为什么简直想不到；但是——也有时候会觉得不了解。

此后，我勉强自己去想一切"治国平天下"的大问题的必要，已经没有了！我在十二分疲劳和吐血症复发的期间，就不再去"独立思索"了。1931年初，就开始我政治上以及政治思想上的消极时期，直到现在。从那时候起，我没有自己的政治思想。（我以中央的思想为思想。）这并不是说我是一个很好的模范党员，对于中央的理论政策都完全而深刻地了解。相反的，我正是一个最坏的党员，早就值得开除的，因为我对中央的理论政策不假思索了。偶然我也有对中央政策怀疑的时候，但是，立刻就停止怀疑了——因为怀疑也是一种思索；我既然不思索了——自然也就不怀疑。

我的一知半解的马克思（主义）智识，曾经在当时起过一些作用——好的坏的影响都是人所共知的事情，不用我自己来判断——而到了现在，我已经在政治上死灭，不再是一个马克思主义的宣传者了。

同时要说我已经放弃了马克思主义，也是不确的。如果要同我谈起一切种种政治问题，我除开根据我那一点一知半解的马克思主义方法来推论以外，却又没有什么别的方法。事实上我这些推论又恐怕包含着许多机会主义，也就是反马克思列宁主义的观点在内，这是"亦未可知"的。因此，我更不必枉然费力去思索：我的思路已经在青年时期走上了马克思主义的初步，无从改变；同时，这思路却同非马克思主义的歧路交错着，再自由任意地走去，不知会跑到什么地方去。——而最主要的是我没有气力再跑了，我根本没有精力再做政治的社会科学的思索了，stop[①]。

盲动主义和立三路线

当我不得不担负中国共产党的政治领导的时候，正是中国革命进到了最巨大的转变和震荡的时代，这就是武汉时代结束之后。分析新的形势，确定新的政策，在中国民族解放运动和阶级斗争最复杂最剧烈的路线汇合分化转变的时期，这是一个非常艰难的任务。当时，许多同志和我，多多少少都做了政治上的错误；同时，更有许多以前的同志在这阶级斗争更进一步的关口，自觉地或者不自觉地离开了革命队伍。在最初，我们在党的领导之下所决定的政策一般的是正确的。武汉分共之后，我们接着就决定贺叶的南昌暴动和两湖广东的秋收暴动（1927年），到11月又决定广州暴动。这些暴动本身无（并）不是什么盲动主义，因为都有相当的群众基础。固然，中国一般的革命形势，从1927年3月底英美日帝国主义者炮轰南京威胁国民党反共以后，就已经开始低落；但是，接着而来的武汉政府中的奋斗、分裂……直到广州暴动的举出苏维埃旗

---

① stop是英文，终止、结束的意思。

帜，都还是革命势力方面正当的挽回局势的尝试，结果，是失败了——就是说没有能够把革命形势重新转变到高涨的阵容，必须另起炉灶。而我——这时期当然我应当负主要的责任——在1928年初，广州暴动失败之后，仍旧认为革命形势一般的存在，而且继续高涨，这就是盲动主义的路线了。

原本个别的盲动现象，我们和当时的中央从1927年10月起就表示反对的；对于有些党部不努力去领导和争取群众，反而孤注一掷，或者仅仅去暗杀豪绅之类的行动，我们总是加以纠正的。可是，因为当时整个路线错误，所以不管主观上怎样了解盲动主义现象的不好，费力于枝枝节节的纠正，客观上却在领导着盲动主义的发展。

中国共产党第六次全国代表大会纠正了这个错误路线，使政策走上了正确的道路。自然，武汉时代之后，我们所得到的中国革命之中的最重要的教训：例如革命有一省或几省首先胜利的可能和前途，反帝国主义革命最密切地和土地革命联系着等……都是六大所采纳的。苏维埃革命的方针，就在六大更明确地规定下来。

但是以我个人而论，在那时候，我的观点之中不仅有过分估量革命形势的发展以致助长盲动主义的错误，对于中国农民阶层的分析，认为富农还在革命战线之内，认为不久的将来就可以在某些大城市取得暴动的胜利等观念，也已经潜伏着或者有所表示。不过，同志们都没有发觉这些观点的严重错误，还没有指出来。我自己当然更不会知道这些是错误的。直至1929年秋天，讨论农民问题的时候，才开始暴露我在农民问题上的错误。不幸得很，当时没有更深刻更无情发扬（揭发）。……

此后，就来了立三路线的问题了。

1929年底，我还在莫斯科的时候，就听说立三和忠发的政策有许多不妥当地方。同时，莫斯科中国劳动大学（前称孙中山大学）的学生中间发生非常剧烈的斗争。我向来没有知人之明，只想弥缝缓和这些斗争，觉得互相攻讦批评的许多同志都是好的，听他们所说的事情却往往有些非常出奇，似乎都是故意夸大事实，行（奉）为"打倒"对方的理由。因此，我就站在调和的立场。这使得那里的党部认为我恰好是机会主义和异己分子的庇护者。结果，撤销了我的中国共产党驻莫代表的职务，准备回国。自然，在回国任务之中，最重要的是纠正立三的错误，消灭莫斯科中国同志之间的派别观念对于国内同志的影响。

但是，事实上我什么也没做到。立三的错误在那时——1930年夏天——已经形成了自己的半托洛茨基的路线，派别观念也使得党内到处抑制莫斯科回国的新干部。而我回来之后召集的三中全会，以及中央一切处置，都只是零零碎碎地纠正了立三的一些显而易见的错误。既没有指出立三的错误路线，更没有在组织上和一切计划及实际工作中保障国际路线的执行。实际上我的确没有认出立三路线和国际路线的根本不同。

老实说，立三路线是我的许多错误观念——有人说是瞿秋白主义——的逻辑的发展。立三的错误政策可以说是一种失败主义。他表面上认为中国全国的革命胜利的局面已经到来，这会推动全世界革命的成功，其实是（觉得）自己没有把握保持和发展苏维埃革命在几个县区的胜利，觉得革命前途不是立即向大城市发展而取得全国胜利以至全世界的胜利，就是迅速地败亡，所以要孤注一掷地拼命。这是用"左"倾空谈来掩盖右倾机会主义的实质。因此在组织上，在实际上，在土地革命的理论上，在工会运动的方针上，在青年运动和青年组织等各种问题上……无往而不错。我在当时却辨别不出来。事后我可以说，假定六大之后，留在中国直接领导的不是立三而是我，那么，在实际上我也会走到这样的错误路线，不过不致（至）于像立三这样鲁莽，也可以说，不会有立三那样的勇气。我当然间接地负着立三路线的责任。

于是四中全会后，就决定了开除立三的中央委员，开除我的政治局委员。我呢，像上面已经说过的，正感谢这一开除，使我卸除了千钧万担。我第二次回国是1930年8月中旬，到1931年1月7日，我就离开了中央政治领导机关。这期间只有半年不到的时间。可是这半年对于我几乎比五十年还长！人的精力已经像完全用尽了似的，我告了长假休养医病——事实上从此脱离了政治舞台。

再想回头来干一些别的事情，例如文艺的译著等，已经觉得太迟了。从1920年到1930年，整整十年我离开了"自己的家"——我所愿意干的俄国文学的研究——到这时候方回来，不但田园荒芜，而且自己的气力也已经衰惫了。自然，有可能还是干一干，"以度余年"的。可惜接着就是大病，时发时止，耗费了三年光阴。1934年1月，为着在上海养病的不可能，又跑到瑞金——到瑞金已是2月5日了——担任了人民委员的清闲职务。可是，既然在苏维埃中央政府担负了一部分的工作，虽然不必出席党的中央会议，不必参与一切政策的最初讨论和决定，然而要完全不问政治却又办不到了。我就在敷衍塞责，厌倦着政治却又不得不略为问一问政治的状态中间，过了一年。

最后这四年中间，我似乎记得还做了几次政治问题上的错误。但是现在我连内容都记不清楚了，大概总是我的老机会主义发作罢了。我自己不愿意有什么和中央不同的政见。我总是立刻"放弃"这些错误的见解，其实我连想也没有仔细想，不过觉得争辩起来太麻烦了，既然无关紧要，就算了罢。

我的政治生命其实早已结束了。

最后这四年，还能说我继续在为马克思主义奋斗，为苏维埃革命奋斗，为着党的正确路线奋斗吗？例行公事办了些，说"奋斗"是实太恭维了。以前几年的盲动主义和立三路线的责任，都绝不应当因此而减轻的；相反，在共产党的观点上来看，这个责任倒是更加加重了。历史的事实是抹杀不了的，我愿意受历史的最公平的裁判！

一九三五，五，二十

"文人"

"一为文人，便无足观"——这是清朝一个汉学家说的。的确，所谓"文人"正是无用的人物。这并不是现代意义的文学家、作家或是文艺评论家，这是吟风弄月的"名士"，或者是……说简单些，读书的高等游民。他什么都懂得一点，可是一点没有真实的智识。正因为他对于当代学术水平以上的各种学问都有少许的常识，所以他自以为是学术界的人，可是，他对任何一种学问都没有系统地研究、真正的心得，所以他对于学术是不会有什么贡献的，对于文艺也不会有什么成就的。

自然，文人也有各种各样不同的典型，但是大都实际上是高等游民罢了。假使你是一个医生，或是工程师、化学技师……真正的作家，你自己会感觉到每天生活的价值，你能够创造或是修补一点什么，只要你愿意。就算你是一个真正的政治家罢，你可以做错误，但是也会纠正错误。你可以坚持你的错误，但是也会认真地为着自己的见解去斗争、实行。只有文人就没有希望了，他往往连自己也不知道究竟做的是什么！

"文人"是中国中世纪的残余和"遗产"—— 一份很坏的遗产。我相信，再过十年八年没有这一种智识分子了。

不幸，我不能够否认自己正是"文人"之中的一种。

固然，中国的旧书，"十三经"、《二十四史》、子书、笔记、丛书、诗词曲等，我都看过一些，但是我是找到就看，忽然想起就看，没有什么研究的。一些科学论文，马克思主义的和非马克思主义的，我也看过一些，虽然很少。所以这些新新旧旧的书对于我，与其说是智识的来源，不如说是消闲的工具。究竟在哪一种学问上，我有点真实的智识？我自己是回答不出的。

可笑得很，我做过所谓"杀人放火"的共产党的领袖（？），可是，我确是一个最懦怯的"婆婆妈妈的"书生，杀一只老鼠都不会的，不敢的。

但是，真正的懦怯不在这里。首先是差不多完全没有自信力，每一个见解都是动摇的、站不稳的。总希望有一个依靠。记得布哈林初次和我谈话的时候，说过这么一句俏皮话："你怎么和三层楼上的小姐一样，总那么客气，说起话来，不是'或是'，就是'也许''也难说'等。"其实，这倒是真心话。可惜的是人家往往把我的坦白当作"客气"或者"狡猾"。

我向来没有为着自己的见解而奋斗的勇气，同时，也很久没有承认自己错误的勇气。当一种意见发表之后，看看没有有力的赞助，立刻就怀疑起来；但是，如果没有一个另外的意见来代替，那就只会照着这个连自己也怀疑的意见做去。看见一种不大好的现象，或是不正确的见解，却还没有人出来指摘，甚至气势汹汹的大家认为这是很好的事情，我也始终没有勇气说出自己的怀疑来。优柔寡断，随波逐流，是这种"文人"必然的性格。

虽然人家看见我参加过几次大的辩论，有时候仿佛很激烈，其实我是很怕争论的。我向来觉得对方说的话"也对""也有几分理由""站在对方的观点上他当然是对的"。我似乎很懂得孔夫子忠恕之道。所以我毕竟做了"调和派"的领袖。假使我激烈地辩论，那么，不是认为"既然站在布尔塞维克的队伍里（就）不应当调和"，因此勉强着自己，就是没有抛开"体面"立刻承认错误的勇气，或者是对方的话太幼稚了，使我"箭在弦上不得不发"。

其实，最理想的世界是大家不要争论，"和和气气地过日子"。

我有许多标本的"弱者的道德"——忍耐，躲避，讲和气，希望大家安静些、仁慈些，等等。固然从少年时候起，我就憎恶贪污、卑鄙……以至一切恶浊的社会现象，但是我从来没有想做侠客。我只愿意自己不做那些罪恶。有可能呢，去劝劝他们不要再那样做；没有可能呢，让他们去罢，他们也有他们的不得已的苦衷罢！

我的根本性格，我想，不但不足以锻炼成布尔塞维克的战士，甚至不配做一个起码革命者。仅仅为着"体面"，所以既然卷进了这个队伍，也就没有勇气自己认识自己，而请他们把我洗刷出去。

但是我想，如果叫我做一个"戏子"——舞台上的演员，倒很会有些成绩，因为十几年我一直觉得自己一直在扮演一定的角色。扮觉（着）大学教授，扮着政治家，也会真正忘记自己而完全成为"剧中人"。虽然，这对于我很苦，得每天盼望着散会，盼望同我谈政治的朋友走开，让我卸下戏装，还我本来面目——躺在床上去，极疲乏地念着："回'家'去罢，回'家'去罢！"这的确是很苦的——然而在舞台上的时候，大致总还扮得不差，像煞有介事的。

为什么？因为青年精力比较旺盛的时候，一点游戏和做事的兴会总有的。即使不是你自己的事，当你把它做好的时候，你也感觉到一时的愉快。譬如你有点小聪明，你会摆好几幅"七巧板图"或者"益智图"，你当时一定觉得痛快，正像在中学校的时候，你算出几个代数难题似的，虽则你并不预备做数学家。

不过，扮演舞台上的角色究竟不是"自己的生活"，精力消耗在这里，甚至完全用尽，始终是后悔也来不及的事情。等到精力衰惫的时候，对于政治舞台，实在是十分厌倦了。

庞杂而无秩序的一些书本上的智识和累赘而反乎自己兴趣

的政治生活，使我麻木起来，感觉生活的乏味。

本来，书生对于宇宙间的一切现象，都不会有亲切的了解，往往会把自己变成一大堆抽象名词的化身。一切都有一个"名词"，但是没有实感。譬如说，劳动者的生活、剥削、斗争精神、土地革命、政权……一直到春花秋月、崎岖、委蛇，一切种种名词、概念、辞藻，说是会说的，等到追问你究竟是怎么一回事，那就会感觉到模糊起来。

对于实际生活，总像雾里看花似的，隔着一层膜。

"文人"和书生大致没有任何一种具体的智识。他样样都懂得一点，其实样样都是外行。要他开口议论一些"国家大事"，在不太复杂和具体的时候，他也许会。但是，叫他修理一辆汽车，或者配一剂药方，办一个合作社，买一批货物，或者清理一本账目，再不然，叫他办好一个学校……总之，无论哪一件具体而切实的事情，他都会觉得没有把握的。

例如，最近一年来，叫我办苏维埃的教育。固然，在瑞金、宁都、兴国这一带的所谓"中央苏区"，原来是文化非常落后的地方，譬如一张白纸，在刚刚着手办教育的时候，只是创办义务小学校，开办几个师范学校，这些都做了。但是，自己仔细想一想，对于这些小学校和师范学校，小学教育和儿童教育的特殊问题，尤其是国内战争中工农群众教育的特殊问题，都实在没有相当的智识，甚至普通常识都不够！

近年来，感觉到这一切种种，很愿意"回过去再生活一遍"。

雾里看花的隔膜的感觉，使人觉得异常的苦闷、寂寞和孤独，很想仔细地亲切地尝试一下实际生活的味道。譬如"中央苏区"的土地革命已经有三四年，农民的私人日常生活究竟有了怎样的具体变化？他们究竟是怎样的感觉？我曾经去考察过一两次。一开口就没有"共同的言语"，而且自己也懒惰得很，所以终于一无所得。

可是，自然而然的，我学着比较精细的考察人物，领会一切"现象"。我近年来重新来读一些中国和西欧的文学名著，觉得有些新的印象。你从这些著作中间，可以相当亲切地了解人生和社会，了解各种不同的个性，而不是笼统的"好人""坏人"，或是"官僚""平民""工人""富农"等等。摆在你面前的是有血有肉有个性的人，虽则这些人都在一定的生产关系、一定的阶级之中。

我想，这也许是从"文人"进到真正了解文艺的初步了。

是不是太迟了呢？太迟了！

徒然抱着对文艺的爱好和怀念，起先是自己的头脑，和身体被"外物"所占领了。后来是非常的疲乏笼罩了我三四年，始终没有在文艺方面认真地用力。书是乱七八糟看了一些；我相信，也许走进了现代文艺的水平线以上的境界，不至于辨别不出趣味的高低。我曾经发表的一些文艺方面的意见，都驳杂得很，也是一知半解的。

时候过得很快。一切都荒疏了。眼高手低是必然的结果。自己写的东西——类似于文艺的东西是不能使自己满意的，我至多不过是个"读者"。

讲到我仅有的一点具体智识，那就只有俄国文罢。假使能够仔细而郑重地、极忠实地翻译几部俄国文学名著，在汉文方面每字每句地斟酌着，也许不会"误人子弟"的。这一个最愉快的梦想，也比在创作和评论方面再来开始求得什么成就，要实际得多。可惜，恐怕现在这个已经"过时"了！

告　别

一出滑稽剧就此闭幕了！

我家乡有句俗话，叫作"捉住了老鸦在树上做窝"。这窝是始终做不成的。一个平凡甚至无聊的"文人"，却要他担负几年的"政治领袖"的职务。这虽然可笑，却是事实。这期间，一切好事都不是由于他的功劳——实在是由于当时几位负责同志的实际工作，他的空谈不过是表面的点缀，甚至早就埋伏了后来的祸害。这历史的功罪，现在到了最终结算的时候了。

你们去算账罢，你们在斗争中勇猛精进着，我可以羡慕你们，祝贺你们，但是已经不能够跟随你们了。我不觉得可惜，同样，我也不觉得后悔，虽然我枉费了一生心力在我所不感兴味的政治上。过去的是已经过去了，懊悔徒然增加现在的烦恼。应当清洗出队伍的，终究应当清洗出去，而且愈快愈好，更用不着可惜。

我已经退出了无产阶级的革命先锋的队伍，已经停止了政治斗争，放下了武器。假使你们——共产党的同志们——能够早些听到我这里写的一切，那我想早就应当开除我的党籍。像我这样脆弱的人物，敷衍、消极、怠惰的分子，尤其重要的是空洞地承认自己错误而根本不能够转变自己的阶级意识和情绪，而且，因为"历史的偶然"，这并不是一个普通党员，而是曾经当过政治局委员的——这样的人，如何还不要开除呢？

现在，我已经是国民党的俘虏，再来说起这些，似乎多余的了。但是，其实不是一样吗？我自由不自由，同样是不能够继续斗争了。虽然我现在才快要结束我的生命，可是我早已结束了我的政治生活。严格地讲，不论我自由不自由，你们早就有权利认为我也是叛徒的一种。如果不幸而我没有机会告诉你们我的最坦白最真实的态度而骤然死了，那你们也许还把我当一个共产主义的烈士。记得1932年讹传我死的时候，有的地方替我开了追悼会，当然还念起我的"好处"。我到苏区听到这个消息，真叫我不寒而栗，以叛徒而冒充烈士，实在太那个了。因此，虽然我现在已经囚在监狱里，虽然我现在很容易装腔作势慷慨激昂而死，可是我不敢这样做。历史是不能够，也不应当欺骗的。我骗着我一个人的身后虚名不要紧，叫革命同志误认叛徒为烈士却是大大不应该的。所以虽反正是一死，同样是结束我的生命，而我决不愿冒充烈士而死。

永别了，亲爱的同志们！——这是我最后叫你们"同志"的一次。我是不配再叫你们"同志"的了。告诉你们：我实质上离开了你们的队伍好久了。

唉！历史的误会叫我这"文人"勉强在革命的政治舞台上混了好些年。我的脱离队伍，不简单地因为我要结束我的革命，结束这一出滑稽剧，也不简单地因为我的痼疾和衰惫，而是因为我始终不能够克服自己的绅士意识，我终究不能成为无产阶级的战士。

永别了，亲爱的朋友们！七八年来，我早已感觉到万分的厌倦。这种疲乏的感觉，有时候，例如1930年初或是1934年八九月间，简直厉害到无可形容、无可忍受的地步。我当时觉着，不管全宇宙的毁灭不毁灭，不管革命还是反革命，等等，我只要休息，休息，休息！！好了，现在已经有了"永久休息"的机会。

我留下这几页给你们——我的最后的最坦白的老实话。永别了！判断一切的，当然是你们，而不是我。我只要休息。

一生没有什么朋友，亲爱的人是很少的几个。而且除开我的之华以外，我对你们也始终不是完全坦白的。就是对于之华，我也只露一点口风。我始终戴着假面具。我早已说过：揭穿假面具是最痛快的事情，不但对于动手去揭穿别人的痛快，就是对于被揭穿的也很痛快，尤其是自己能够揭穿。现在我丢掉了最后一层（假）面具。你们应当祝贺我。我去休息了，永久去休息了，你们更应当祝贺我。

我时常说，感觉到十年二十年没有睡觉似的疲劳，现在可以得到永久的"伟大的"可爱的睡眠了。

从我的一生，也许可以得到一个教训：要磨炼自己，要有非常巨大的毅力，去克服一切种种"异己的"意识以至最微细的"异己的"情感，然后才能从"异己的"阶级里完全跳出来，而在无产阶级的（革命）队伍里站稳自己的脚步。否则，不免是"捉住了老鸦在树上做窝"，不免是一出滑稽剧。

我这滑稽剧是要闭幕了。

我留恋什么？我最亲爱的人，我曾经依傍着她度过了这十年的生命。是的，我不能没有依傍。不但在政治生活里，我其实从没有做过一切斗争的先锋，每次总要先找着某种依傍。不但如此，就是在私生活里，我也没有"生存竞争"的勇气，我不会组织自己的生活，我不会做极简单极平常的琐事。我一直是依傍着我的亲人，我唯一的亲人。我如何不留恋？我只觉得十分难受，因为我许多（次）对不起我这个亲人，尤其是我的精神上的懦怯，使我对于她也终究没有彻底地坦白，但愿她从此厌恶我，忘记我，使我心安罢。

我还留恋什么？这美丽世界的欣欣向荣的儿童，"我的"女儿，以及一切幸福的孩子们。我替他们祝福。

这世界对于我仍然是非常美丽（的）。一切新的、斗争的、勇敢的都在前进。那么好的花朵、果子，那么清秀的山和水，那么雄伟的工厂和烟囱，月亮的光似乎也比从前更光明了。

但是，永别了，美丽的世界！

一生的精力已经用尽，剩下的一个躯壳。

如果我还有可能支配我的躯壳，我愿意把它交给医学校的解剖室。听说中国的医学校和医院的实习室很缺乏这种科学实验用具。而且我是多年的肺结核者（从1919年到现在），时好时坏，也曾经照过几次X光的照片。1931年（春）的那一次，我看见我的肺部有许多瘢痕，可是医生也说不出精确的判断。假定先照过一张，然后把这躯壳解剖开来，对着照片研究肺部状态，那一定可以发现一些什么。这对肺结核的诊断也许有些帮助。虽然我对医学是完全外行，这话说得或许是很可笑的。

总之，滑稽剧始终是闭幕了。舞台上空空洞洞的。有什么留恋也（是）枉然的了。好在得到的是"伟大的"休息。至于躯壳，也许不能由我自己做主了。

告别了，这世界的一切！

最后……

俄国高尔基的《四十年》《克里摩·萨摩京的生活》，屠格涅夫的《鲁定》，托尔斯泰的《安娜·卡里宁娜》，中国鲁

迅的《阿Q正传》，茅盾的《动摇》，曹雪芹的《红楼梦》，
都很可以再读一读。

中国的豆腐也是很好吃的东西，世界第一。

永别了！

一九三五，五，二二

记忆中的日期

——附录

1899年（1月29日——

光绪二十四年十二月十八日） 生于常州

1902年	入私塾
1905年	入常州冠英小学
1908年冬	初等小学毕业
1909年春	入常州中学
1915年夏	因贫辍学
1916年2月	母亲死
2月	赴无锡南郊某小学任校长
	是年父亲赴济南，弟妹分散
8月	辞无锡教职返常州
12月	抵汉口考武昌外国语专修学校
1917年	4月在北京应普通文官考试未取
9月	入俄文专修馆
1919年1月	与耿济之、瞿世英等组织《新社会》杂志
5月	任俄专学生会代表

1920年8月	应北京《晨报》聘起程赴俄任通信员
1921年1月	方抵莫斯科
5月	张太雷抵莫介绍入共产党
9月	任东大翻译始正式入党
1923年1月底	返国抵北平
7月	参加共产党第三次全国代表大会
9月	返沪任上海大学教职
	是年加入国民党
1924年1月	与王剑虹结婚
1月	赴粤参加国民党第一次代表大会
7月	剑虹死，赴粤
11月7日	与杨之华结婚于沪
1925年1月	参加共产党第四次全国代表大会被选举为中委
1927年2月	写批评彭述之的小册子
3月	赴武汉
4月	参加共产党第五次全国代表大会，仍任中委
7月	（宣言退出国民党）赴庐山
8月7日	参加八七紧急会议会后实际主持政治局工作
1928年4月30日	离沪出国

6月	参加共产党六次全国代表大会仍任中委，留莫为中国共产党代表
1930年6月	撤销驻莫代表职
7月	起程返国仍在政治局工作
9月	参加共产党三中全会
1931年1月7日	参加共产党四中全会被开除出政治局委员之职，请病假
1932年秋	病危几死
1934年2月5日	抵瑞金任教育人民委员
1935年2月11日	离瑞金
2月23日	抵福建汀州之水口被钟绍葵团俘
26日	入上杭县监狱
5月9日	解到汀州三十六师师部

给郭沫若的信

沫若：

多年没有通音问了。三四年来只在报纸杂志上偶然得知你的消息。记得前年上海的日本新闻纸上曾经说起西园寺公去看你，还登载了你和你孩子的照相。新闻记者的好奇是往往有点出奇的，其实还不是为着"哄动"观众。可怜的我们，有点像马戏院里野兽。最近，你也一定会在报纸上读到关于我的新闻，甚至我的小影，想来彼此有点同感罢？

我现在已经是国民党的俘虏了，这在国内阶级战争中当然是意料之中可能的事，从此，我的武装完全被解除，我自身被拉出了队伍，我停止了一切种种斗争，在这里等着"生命的结束"。可是，这些都没有什么。使我惭愧的倒是另外一种情形，就是远在被俘以前——离现在足足有四年半了——当我退出中央政治局之后，虽然是因为"积劳成疾"，病得动不得，然而我自己的心境就已有了很大的变动。我在那时，就感觉到精力的衰退甚至于澌灭，对于政治斗争已经没有丝毫尽力。偶然写些关于文艺问题的小文章，也是半路出家的外行话。我早就"猜到了"我自己毕竟不是一个"战士"，无论在哪一战线上。

这期间看见了你的甲骨文字研究的一些著（作），《创造十年》的上半部。我想下半部一定更加有趣：创造社在五四运动之后，代表着黎明期的浪漫主义运动，虽然对于"健全的"现实主义的生长给了一些阻碍，然而它确实杀开了一条血路，开辟了新文学的途径。而后来就像触了电流似的分解了，时代的电流使创造社起了化学的定性分析，它因此解体、风化。这段历史写来一定是极有意思的。时代的电流是最强烈的力量，像我这样脆弱的人物也终于禁不起了。历史上的功罪，日后自有定论，我也不愿多说，不过我想自己既有自知之明，不妨尽量地披露出来，使得历史档案的书架上材料更丰富些，也可以免得许多猜测和推想的考证功夫。

只有读着你和许多朋友翻译（的）欧美文学名著，心上觉着有说不出的遗憾，我自己知道虽然一知半解，样样都懂得一点，其实样样都是外行，只有俄国文还有相当的把握，而我到如今没有译过一部好好的文学书。（社会科学的论著，现在已经不用我操心了。）这个心愿，恐怕没有可能实现的了。

还记得在武汉我们两个人一夜喝了三瓶白兰地吗？当年的豪兴，现在想来不免哑然失笑，留得做温暖的回忆罢。愿你勇猛精进！

瞿秋白

一九三五，五，廿八　汀州狱中

（此信根据原件手迹排印）

附　录

重评《多余的话》
陈铁健

　　《国际歌》中文歌词的第一位译者，是瞿秋白同志，译作时间约在20世纪20年代初期。刚刚20岁出头的瞿秋白，已经是青年的革命者了。1935年6月18日，瞿秋白在福建长汀中山公园歌唱"英特纳雄耐尔，就一定要实现"。歌毕，他徐徐步入刑场，面对行刑的刽子手，盘膝而坐，镇定地问道："这个姿势对不对？"然后呼喊"共产主义万岁""中国共产党万岁"的口号，饮弹洒血，从容就义①。那时，距他翻译《国际歌》

―――――――――

　　①　瞿秋白就义实况，据记载：瞿于1935年6月18日晨"挥毫，书绝句"后，"毕命之令已下，遂解至中山公园。瞿信步行至亭前，见珍馐一席，美酒一瓮，列于亭之中央，乃独步坐其上，自斟自饮，谈笑自若，神色无异，酒半乃言曰：'人公余稍憩，为小快乐；夜间安睡，为大快乐；辞世长逝，为真快乐。'继而高唱《国际歌》，酒毕徐步刑场，前后军士押送，空气极为严肃。经过街衢之口，见一瞎眼乞丐，犹回顾视，似有所感。既至刑场，自请仰卧受刑，态度仍极从容，枪声一鸣，瞿遂长辞人世。"（《逸经》第34期）。宋希濂先生回忆：瞿秋白"就义时确曾喊过'共产主义万岁''中国共产党万岁'的口号"。

过了十几年。他只有36岁。

瞿秋白就义前，曾经在狱中写了一篇将近两万字的《多余的话》。怎样看待瞿秋白的《多余的话》？历来众说不一。好心的同志曾经认为，如果没有《多余的话》，瞿秋白烈士岂不是一个完美高大的形象？其实，《多余的话》是一个活生生的、内心充满矛盾的、襟怀坦白而又心情复杂的人，在临终之际所作的一篇自白。它不仅无损于烈士的革命大节，相反，它以罕见的自我解剖，深刻地表现了瞿秋白的内心世界的种种矛盾，它既有长处，也有弱点，既有令人夺目的光辉，也有使人不爽的灰暗。光辉是主要的，灰暗是次要的。透过这篇发自肺腑的自白，人们可以比较清楚地看到作者灵魂深处某些本质的东西。

一

严格解剖自己的精神，溢于《多余韵话》字里行间。作者对自己在中国革命历程中的贡献和功绩，在文章里几乎很少提及。当着无法回避、不得不写的时候，他也只是说，"一切好事都不是由于他的功劳——实在是由于当时几位负责同志的实际工作"，是"在全党同志的督促、实际斗争的反映，以及国际的领导之下，逐渐有相当的进步"。

瞿秋白对中国革命事业的前进，对中国共产党的成长，对中国革命文学艺术事业的发展，都有着重大的贡献，他的功绩是为全党所公认的。

瞿秋白于1922年加入中国共产党。1923年6月出席党的第三次全国代表大会，当选为中央委员。在大会中，他与毛泽东同志等站在一起，坚持同孙中山领导的国民党合作，建立革命统一战线，反对张国焘的"左"倾关门主义错误。1924年1月，瞿秋白和李大钊同志等出席国民党第一次代表大会。他是大会宣言的起草者之一。1926年1月，瞿秋白和毛泽东等在国民党第二次代表大会上当选为候补执行委员。在第一次国民革命战争期间，瞿秋白是我党在理论思想战线上的卓越战士。他先后主编过党的机关刊物《新青年》季刊和《向导》周报，还主编了《前锋》杂志。他同国民党右派戴季陶、国家主义派曾琦、左舜生、李璜以及梁启超、胡适、张君劢等反革命理论的代表人物，进行了坚决的斗争，有力地捍卫了中国共产党所主张的反帝反封建的人民革命思想和理论。

瞿秋白的错误起始于八七会议。但是，他的最突出的贡献，恰恰是他主持召开了八七会议。早在1927年4月，瞿秋白便同陈独秀的追随者彭述之压制和拒绝登载毛泽东所撰写的《湖南农民运动考察报告》的行为进行了坚决斗争，亲自为该文写了序言交由我党在武汉办的长江书局出版。他在序言中热情地指出："中国革命家都要代表三万万九千万农民说话做事，到战线去奋斗，毛泽东不过开始罢了。中国的革命者个个都应当读一读毛泽东这本书，和读彭湃的海丰农民运动一样。"在党的第五次全国代表大会期间，瞿秋白和任弼时同志一起同陈独秀右倾投降主义路线进行了不调和的斗争。蒋介石、汪精卫相继叛变革命以后，如何统率无产阶级和劳动人民把反帝反封建的民族民主革命进行到底，这是摆在党的面前的一个极其重大的问题。八七会议就是在这个历史的严重转折关头召开的。参加八七会议的主要有中央委员瞿秋白、李维汉、蔡和森、邓中夏、苏兆征、张太雷、任弼时，候补中央委员毛泽东等。这个会议彻底地纠正了陈独秀的投降主义，撤销了陈独秀的领导职务，由瞿秋白担任中共中央书记。1945年，党的六届七中全会通过的《关于若干历史问题的决议》正确地评价了八七会议的功绩，指出："八七会议在党的历史上是有功绩的。它在中国革命的危急关头坚决地纠正了和结束了陈独秀的投降主义，确定了土地革命和武装反抗国民党反动派屠杀政策的总方针，号召党和人民群众继续革命的战斗，这些都是正确的，是它的主要方面。"八七会议后，蔡和森同志所著《机会主义史》，曾经写道："八七会议有非常伟大的历史意义，……救出中国共产党于机会主义的破坏之中，挽回了工农群众惶惑恐慌的大危机，树立了工农革命苏维埃的新大旗。""虽有广东、两湖之失败，然我们绝对不要忘记八七以后之伟大的效果。北方有好些同志说：'假若新方针迟来一月，我们都散了。'这不仅北方为然，全国莫不如此，尤其在两湖、上海及广东。"湘赣秋收暴动，是毛泽东根据八七会议决议所领导的革命武装起义。秋收暴动失败后，毛泽东从斗争实践中总结了经验教训，率领起义部队向井冈山进军，开创了以农村包围城市，武装夺取政权的唯一正确的道路。

八七会议以后，瞿秋白犯过"左"倾盲动主义路线错误。这次错误使他异常痛心，在《多余的话》中，他反复地诚恳地进行了自我批评。他说：

> 当我不得不担负中国共产党的政治领导的时候，正是中国革命进到了最巨大的转变和震荡的时代，这就是武汉时代结束之后。分析新的形势，确定新的政策，在中国民族解放运动和阶级斗争最复杂最剧烈的路线汇合分化转变的时期，这是一个非常艰难的任务。……中国一般的革命形势，从1927年3月底英、美、日帝国主义者炮轰南京威胁国民党反共以后，就已经开始低落；……必须另起炉灶。而我——这时期当然我应当负主要的责任——在1928年初，广州暴动失败之后，仍旧认为革命形势一般的存在，而且继续高涨，这就是盲动主义的路线了。

瞿秋白很快就认识了自己的错误，正如他在《多余的话》中所说："因为当时整个路线错误，所以不管主观上怎样了解盲动主义现象的不好，费力于枝枝节节的纠正，客观上却在领导着盲动主义的发展。"这是一个共产党人应有的实事求是态度。

党的六大以后，瞿秋白曾经出席共产国际六大，当选为共产国际执行委员会委员和主席团委员，并担任我党驻共产国际的代表。在国外期间，瞿秋白积极地参加了国际反帝斗争，并与国际的社会民主党及各国共产党内的右倾机会主义做斗争。他还写了许多政治论著，如《共产国际当前问题》《反对国际机会主义》《反对陈独秀与国际机会主义》《反对汪精卫与改组派》《中国革命和中国共产党》等书。他翻译了共产国际的纲领，校阅过列宁著作的重要中文译本，如《社会民主党在民主革命中的两种策略》《国家与革命》《共产主义运动中的"左派"幼稚病》等。他开始研究中国共产党党纲，研究中国苏维埃宪法、土地法和婚姻法。他对中国文字改革问题，给予了极大的关注，亲自拟出了一部《中国拉丁化字母草案》。

1930年，立三路线发生后，瞿秋白回国主持党的六届三中全会，纠正了立三路线的错误。但是，以王明为首的第三次"左"倾机会主义者，召开六届四中全会，错误地反对和否定了六届三中全会的成就，无理地指责瞿秋白犯了"调和路线错误"，残酷斗争、无情打击，把瞿秋白开除出中央政治局。即使如此，瞿秋白在《多余的话》中仍然正视自己的错误，承担责任，并不诿过于人。他诚实地写道：

老实说，立三路线是我的许多错误观念——有人说是瞿秋白主义——的逻辑的发展。立三的错误政策可以说是一种失败主义。他表面上认为中国全国的革命胜利的局面已经到来，这会推动全世界革命的成功，其实是（觉得）自己没有把握保持和发展苏维埃革命在几个县区的胜利，觉得革命前途不是立即向大城市发展而取得全国胜利以至全世界的胜利，就是迅速地败亡，所以要孤注一掷地拼命。这是用"左"倾空谈来掩盖右倾机会主义的实质。因此在组织上，在实际上，在土地革命的理论上，在工会运动的方针上，在青年运动和青年组织等等各种问题上……无往而不错。我在当时却辨别不出来。事后我曾说：假定六大之后，留在中国直接领导的不是立三而是我，那么，在实际上我也会走到这样的错误路线，不过不至于像立三这样鲁莽，也可以说，不会有立三那样的勇气。我当然间接地负着立三路线的责任。

瞿秋白的自我批评态度是老老实实、光明磊落的，是值得人们景仰，并且经受得住历史的严峻考验的。同那种标榜一贯正确，文过饰非，诿过于人，归功于己的人相比，何若霄壤之别！

二

政治家与文人的矛盾——这是瞿秋白一生遇到的许多矛盾中主要的也是使他困窘终生而无法解脱的矛盾之一。他怀着痛苦的心情，写道：

> 我家乡有句俗话，叫作"捉住了老鸦在树上做窝"。这窝是始终做不成的。一个平凡甚至无聊的"文人"，却要他担负几年的"政治领袖"的职务。这虽然可笑，却是事实。……

> 我自己忖度着，像我这样性格、才能、学识，当中国共产党的领袖确实是一个"历史的误会"。我本是一个半吊子的"文人"而已，直到最后还是"文人结（积）习未除"的。对于政治，……勉强担负一时的政治翻译、政治工作，而一直拖延下来，实在违反我的兴趣和性情的结果。这真是十几年的一场误会、一场噩梦。

这里，所谓"误会"和"噩梦"，显然是就其自身存在着的"文人"与政治家的矛盾及其酿成的后果而言，似乎没有某些人所说的那种对于党的工作的恶意的诅咒，更谈不到用这种诅咒来推卸责任，讨好敌人，背叛党的事业，以求幸免一死。

这一点，瞿秋白也在《多余的话》中，写得清清楚楚。他说：

> 我写这些话，决不是要脱卸什么责任——客观上我对
> 共产党或是国民党的"党国"应当负什么责任，我决不推
> 托，也决不能用我主观的情绪来加以原谅或者减轻。我不
> 过想把（我的）真情，在死之前，说出来罢了。总之，我
> 其实是一个很平凡的文人，竟虚负了某某党的领袖的声名
> 十来年，这不是"历史的误会"，是什么呢？

人类社会文化史，不乏这样的人物：或则是科学上的巨
人、哲学上的侏儒；或则是文学上的大师、政治上的庸才。恩
格斯对于歌德、巴尔扎克的评价，列宁对于托尔斯泰的评价，
以及对于某些科学家的评价，都有类似的论述。现实生活中确
有这种情况：一个人有其所长，也有其所短。如果能够用其所
长，避其所短，这个人的才能就可能发挥得更充分，更有益于
人类社会。可是，事物的发展并不是以个人意志为转移，往往
发生"历史的误会"：客观形势的需要总是迫使人去从事他所
不熟悉、不擅长的事情，而没有或者不完全能够给他充分的机
会发挥他的特有才能。但是，一个共产党人，应该以党和人民
的利益高于一切；个人的愿望和理想，应该服从于革命事业的
需要。自己不熟悉、不擅长做的事情，要在革命实践过程中逐
步加以熟悉，努力把党交给的工作做好。任何委屈情绪，都是

同共产党员的称号背道而驰的。我们党的历史上，许多杰出的共产党人，原来都不是职业的革命家。他们或者是工人、农民，或者是教师、学生，经过严峻的革命斗争的锻炼，他们大多数成了无产阶级革命家。例如，陈毅同志，他本来可以成为一个文学家、诗人，但在革命战争的烽火硝烟之中，他却锻炼成为举世闻名的无产阶级的军事家。他也写过不少脍炙人口的好诗，可是他毕竟不是单纯的诗人。瞿秋白生前在自己的岗位上是积极工作、艰苦奋斗的，这是毫无疑问的。问题在于他没有彻底改造非无产阶级世界观，以适应革命斗争的需要，因而造成了这个"历史的误会"。尔后，他的《多余的话》对于这个"历史的误会"又缺乏正确的认识，因而必不可免地表现出浓厚的灰暗消极的情绪。

不过，应该实事求是地说：瞿秋白尽管在那一场终生悔恨不已的"历史的误会"中，犯过错误，不断碰壁，仍然不愧为我党早期历史上有威信的领导人之一。而他在文学工作上，虽然没能集中精力去做，却仍然给我们留下了光彩夺目的成就，在中国文学史上树立了不朽的丰碑。这就是1931年夏到1933年底他和鲁迅在上海开辟和坚持中国革命战争的第二战场——反对国民党反动派的文化"围剿"的文化革命战场——的光辉业绩。曾经在国民党反动统治卵翼下嚣张一时的所谓"自由人"的胡秋原，所谓"第三种人"的苏汶，所谓"民族主义文学"，以及"新月派"、胡适等，在瞿秋白、鲁迅及其他革命作家的揭露批判下，统统原形毕现，败下阵来。瞿秋白所写的那些扫荡群丑的杂文，连大于他将近20岁又是杂文大师的鲁迅也深为佩服。据许广平同志回忆说："这些文章，大抵是秋白同志这样创作的：在和鲁迅见面的时候，就把他想到的腹稿讲出来，经过两人交换意见，有时修改补充或变换内容，然后由他执笔写出。""鲁迅看后，每每无限惊叹于他的文情并茂的新作是那么精美无伦。"①

特别需要指出，在上海的三年战斗中，瞿秋白与鲁迅的伟大革命友谊，在现代文学史和现代革命史上，写下了极其辉煌的一页。这是十多年来在"四人帮"棍棒下，某些评论家最难于启齿的问题，因此，更有一提的必要。

在共同的对敌斗争生活中，瞿秋白是非常了解鲁迅的，鲁迅也是深知瞿秋白的。他们肝胆相照，亲如兄弟。瞿秋白在给鲁迅的一封信里说："我们是这样亲密的人，没有见面的时候就是这样亲密的人。"鲁迅亲笔书写了一副对联，赠给瞿秋白，文曰："人生得一知己足矣，斯世当以同怀视之。"当时，鲁迅是文化革命战线的主将，敌人攻击他，朋友误解他。瞿秋白把正确地评价鲁迅看成是当时文化革命战线上的一个重要任务。于是，他编选了《鲁迅杂感选集》，并且写了那篇论述鲁迅思想及其杂文战斗作用的著名的《序言》。国民党反动

---

① 《鲁迅回忆录》。

文人惧怕鲁迅，侮蔑和贬低他是一个"杂感专家"。瞿秋白却对鲁迅的杂文做出了极高的评价，他说："正因为一些蚊子苍蝇讨厌他的杂感，这种文体就证明了自己的战斗的意义。"对于鲁迅本人，瞿秋白称誉他："是封建社会的逆子，是绅士阶级的贰臣，而同时也是一些罗曼蒂克的革命家的诤友！"瞿秋白是对鲁迅在我国新文化运动中的地位和作用给予科学地评价的最早的一个人，他的观点，在今天看来也是完全对的。瞿秋白被俘后，鲁迅哀痛地说："这在文化上的损失，真是无可比喻。"瞿秋白牺牲的消息传来，正在大病的鲁迅，听到这个噩耗，他的头立刻低了下去，久久抬不起来。为了纪念战友，回击敌人，鲁迅抱病编辑瞿秋白的遗文，出版了《海上述林》，他庄严地说："我把他的作品出版，是一个纪念，也是一个抗议，一个示威！……人给杀掉了，作品是不能给杀掉的，也是杀不掉的！"

这是何等真挚的战斗情谊、何等深厚的阶级友爱！这难道可以被某些人解释为鲁迅是受了瞿秋白的欺骗而上当的吗？鲁迅并非天生的圣人，他当然也有受骗上当的时候。但是，鲁迅何曾上过瞿秋白的当？他可能没有看到过《多余的话》，可他绝对不会因为一篇老实的《多余的话》，就把在敌人屠刀下从容就义的革命者加以叛徒的罪名，声讨致罪。

顺带说说：在《多余的话》中，瞿秋白对于1931年夏初到1931年底，他在上海同鲁迅一起战斗的生活，一个字也未提。

只是说他离开中央政治局以后，"告了长假休养医病""大病，时发时止，耗费了三年时间"。他成功地保护了鲁迅，保护了在上海从事文化斗争的党组织和同志们、朋友们。按照某些批判家的一厢情愿，瞿秋白如果要向国民党当局邀功请赏，换取活命，他是可以把鲁迅和白区的同志、朋友们轻而易举地送进监狱的。但是，他没有那样做。他被俘后写给鲁迅和周建人的信是化名、暗语，采取了周密的安全措施。仅这一点，就可以证明：瞿秋白热爱党、热爱同志、热爱战友，无愧于革命者的高风亮节。

三

马克思主义和绅士意识的矛盾——这是瞿秋白身上那些矛盾中的又一个主要矛盾。

"我的绅士意识——就算是深深潜伏着表面不容易察觉罢——其实是始终没脱掉的。"瞿秋白在《多余的话》里，用淬利的解剖刀，剖析了自己短暂的一生，从世界观的高度，得出这个结论。这个结论，比前述关于政治家与文人的矛盾的分析又深入了一层，抓住了阶级的、思想的本质。

瞿秋白的家庭，"世代是所谓'衣租食税'的绅士阶级，世代读书，也世代做官"。瞿秋白的叔祖父是清光绪间的湖北藩台，并一度署理湖北巡抚；伯父曾任浙江萧山等县知事。父亲工于丹青山水，伯父擅长金石篆刻。瞿秋白十多岁时发生了辛亥革命，中国社会的旧基础开始动摇了，所谓"书香世家"的绅士生活也动摇了。瞿氏家境日趋破落。瞿秋白的父亲，除书画之外，别无长技。在长期失业、坐吃山空之后，索性离家出走，困居山东济南朋友家中教书糊口。幼年的瞿秋白及弟妹多人的生活，全由母亲金衡玉一手担起，靠典卖家中的字画、图章、古玩、衣服、家具及赊欠度日。后来连住房也卖掉，不得不迁入祠堂居住。金衡玉通文史诗词，又循循善诱。瞿秋白六岁能默诵唐诗。他后来研究哲学社会科学，研究文学艺术，创作小说、诗歌、杂文；懂得音乐，擅长书画金石篆刻；精通俄语，并懂得法语、英语……多才多艺的成就，都是和他少年时代受母亲和家庭的熏陶教诲分不开的。但是，家庭的悲剧终于演变成为惨剧。1916年春节，瞿秋白的母亲迫于欠债过多无法偿还，将火柴头拌入虎骨酒中，自杀身死。遗留给瞿秋白及弟妹的是长达尺余的账单。这件事对瞿秋白一生影响极大。郑振铎同志回忆说："秋白的早年，因为家庭环境的恶劣，心情是十分灰暗的，懂得'人情世故'也非常早。"①瞿秋白1920年去苏联前夕的心境，充满了失望、颓丧，他后来写道："我幼时虽有慈母的扶育怜爱；虽有江南风物，清山秀水，松江的鲈鱼，西乡的菘菜，为我营养；虽有豆棚瓜架草虫

①　《记瞿秋白同志早年的二三事》。

的天籁，晓风残月诗人的新意，怡悦我的性情；虽亦有耳鬓厮磨哝哝情话，亦即亦离的恋爱，安慰我的心灵；良朋密友，有情意的亲戚，温情厚意的抚恤，——现在都成一梦了。……悲惨的环境，几乎没有把我变成冷酷不仁的'畸零的人'。"①这种不可遏抑的乡愁离恨，同瞿秋白在《多余的话》结尾部分留恋亲人、留恋清山秀水、眷念文学巨著、眷念美丽世界的心情，几乎是同样的。瞿秋白在1932年冬季曾经录下一首青年时代的诗，送给鲁迅。诗云："雪意凄其心惘然，江南旧梦已如烟。天寒沽酒长安市，犹折梅花伴醉眠。"附跋文："此种颓唐气息，今日思之，恍如隔世。然作诗时正是青年时代，殆所谓'忏悔的贵族'心情也。"实际上，瞿秋白思想深处的灰暗、颓唐，不仅青年期，就是到了后来也没有消失，在《多余的话》里，由于发抒得那么集中，使人觉得更为严重了。可以说，鲁迅之了解瞿秋白，是包括了解他的灰暗、颓唐在内的。

如同许多五四时代的先进人物一样，瞿秋白的青年期接触和吸收的知识和思想是相当庞杂的。他曾做过"厌世"和"避世"的幻梦，始而研读诗古文词，继而讨究老庄宋儒之类经典，随后又研究佛学和托尔斯泰主义。但是，无论是中国士大夫的出世思想，还是外国贵族的僧侣主义，都指不出社会人生的道路。1919年五四运动爆发。长期渴望解决社会人

---

① 《饿乡纪程》。

生问题的瞿秋白，被人民群众的无可阻遏的巨大革命热情、智慧和力量所感召，自己也积极投入到革命的洪流。五四运动以后，瞿秋白和郑振铎等人创办了《新社会》旬刊。他的"思想第一次与社会生活接触。而且学生运动中所受的一番社会的教训，使我更明白'社会'的意义。社会主义的讨论，常常引起我们无限的兴味"①。郑振铎回忆当时的情形说，"秋白那时已有了马克思主义者的倾向，把一切社会问题，作为一个整体来看""他说的话，出的主意，都成熟、深入、有打算、有远见"②。不久，瞿秋白参加了李大钊在北京创建的社会主义研究小组。1923年，当他从苏联考察回国，参加了中共中央的工作，就开始了职业革命家的生涯。

一个出身绅士世家、书香门第的小资产阶级知识分子，参加革命，加入无产阶级的先锋队以后，必须接受马克思主义的教育，按照马克思主义改造客观世界的同时，也要在火热的群众革命斗争中，改造主观世界。瞿秋白对于马克思主义学说是研究有素的。他在《多余的话》中说："政治上一切种种主义，正是'治国平天下'的各种不同的脉案和药方，我根本不想做'王者之师'，不想做'诸葛亮'——这些事自然有别人去干——我也就不去深究了。不过，我对于社会主义

① 《饿乡纪程》。
② 《记瞿秋白同志早年的二三事》。

或共产主义的终极理想，却比较有兴趣。""记得当时懂得了马克思主义的共产社会同样是无阶级、无政府、无国家的最自由的社会，我心上就很安慰。"对于达到共产主义社会必须实行无产阶级专政，他是完全赞同的。他说："马克思主义告诉我要达到这样的最终目的，客观上无论如何也逃不了最尖锐的阶级斗争，以至无产阶级专政——也就是无产阶级统治国家的一个阶级（段）。为着要消灭'国家'，一定要先组织一时期的新式国家，为着要实现最彻底的民权主义（也就是无所谓民权的社会），一定要（先）实行无产阶级的民权。这表面上'自相矛盾'，而实际上很有道理的逻辑——马克思主义所谓辩证法——使我很觉得有趣。"正是因为他对马克思主义关于无产阶级专政的这一根本原理产生的极大兴味，所以，"用马克思主义来研究中国的现代社会，部分的是研究中国历史的发端——也不得不由我来开始尝试。……分析中国资本主义关系的发展程度，分析中国社会阶级分化的性质，阶级斗争的形势、阶级斗争和反帝国主义的民族解放运动的关系，等等。"瞿秋白在这些方面的功绩，文献俱在，有目共睹，是不能够凭空加以抹杀的。尤其应当指出，瞿秋白直到牺牲以前，他也没有改变他对马克思主义的信仰：

要说我已经放弃了马克思主义，也是不确的。我的思路已经在青年时期走上了马克思主义的初步，无从改变。

但是，由于他的绅士阶级的积习未除，并且缺乏直接的革命实践，他未能成为完全彻底的马克思主义者。瞿秋白在剖析这个矛盾时，十分坦白地承认了自己在这方面的不足。他讲到几点：一是要精通马克思主义，可是他却"一知半解""只知道一点皮毛"；二是要有高度的原则性，可是他却"有许多标本的'弱者的道德'——忍耐，躲避，讲和气，希望大家安静些、仁慈些，等等"；三是要和群众打成一片，可是他却格格不入。这些弱点所带来的危害，他自己是清楚的，至少在写《多余的话》时，他已达到了清醒的认识。他说：

> 我的根本性格，我想，不但不足以锻炼成布尔塞维克的战士，甚至不配做一个起码革命者。
>
> ……
>
> 从我的一生，也许可以得到一个教训：要磨炼自己，要有非常巨大的毅力，去克服一切种种"异己的"意识以至最微细的"异己的"情感，然后才能从"异己的"阶级里完全跳出来，而在无产阶级的（革命）队伍里站稳自己的脚步。否则，不免是"捉住了老鸦在树上做窝"，不免是一出滑稽剧。
>
> ……
>
> 我的脱离队伍，不简单地因为我要结束我的革命，结

束这一出滑稽剧，也不简单地因为我的痼疾和衰惫，而是因为我始终不能够克服自己的绅士意识，我终究不能成为无产阶级的战士。

马克思、恩格斯曾经指出："共产主义革命就是同传统的所有制关系实行最彻底的决裂；毫不奇怪，它在自己的发展进程中要同传统的观念实行最彻底的决裂。"①这是一切要为共产主义而献身的无产阶级先锋战士必须遵循的原则，瞿秋白通过对自己一生经历的总结，达到了这样的认识，难道不正是他思想的光辉之处吗！

但是，应该指出：瞿秋白直到写于《多余的话》之时，"异己的"意识、情感，在他身上还植根很深。他有时是用这种"异己的"观点来解剖自己，以至《多余的话》过分地流露了灰暗、伤感、低沉、颓唐的情绪。在这种情绪支配下，他说了不少的过头话。他在《多余的话》中，时而说："我骗着我一个人的身后虚名不要紧，叫革命同志误认叛徒为烈士却是大大不应该的。所以虽反正是一死，同样是结束我的生命，而我决不愿冒充烈士而死。"时而说："像我这样脆弱的人物，敷衍、消极、怠惰的分子，尤其重要的是空洞地承认自己错误而根本不能够转变自己的阶级意识和情绪，而且，因为'历史的

---

① 《共产党宣言》。

偶然'，这并不是一个普通党员，而是曾经当过政治局委员的——这样的人，如何还不要开除呢？"时而又说："我不怕人家责备，归罪，我倒怕人家'钦佩'"；"我已经在政治上死灭，不再是一个马克思主义的宣传者了""但愿以后的青年不要学我的样子，不要以为我以前写的东西是代表什么什么主义的"。这些话，一方面表现了瞿秋白由于自己的弱点和错误给革命造成失败所带来的内疚，他痛恨自己的弱点和错误，有时甚至把正确的也当成错误，把自己说得一无是处；另一方面他既看到了自己的绅士阶级的劣习，同"无产阶级的宇宙观和人生观""完全处于敌对的地位"，予以批判，但是他又不愿意抛弃它，不肯一刀两断，他惋惜、踌躇，甚至加以欣赏。这样，他就必不可免地陷入了消极、伤感、无法解脱的境地。

瞿秋白自度必死，而并不怕死；但是，他感到彻底改造自己绅士阶级思想的机会已经不会有了，因而在《多余的话》中，他放纵自己思想中颓唐的一面，甚至不惜违心地自暴自弃、自嘲自污，而缺少乐观进取的豪健情感和激昂慷慨的宏伟气魄。瞿秋白一生患病，而且是在当时被视为不治之症的肺病。自云："身体根本弄坏了，虚弱得简直是一个废人。"然而，这不能当作妨碍他"终究不能成为无产阶级的战士"的理由。萧楚女同志身患重病，经常吐血，仍然斗志旺盛，坚决不下战场；鲁迅先生晚年大病缠身，高烧昏迷，依然紧握如椽之笔，横扫千军，威震文坛。他们同病魔做斗争是积极乐观的，认识是正确的。瞿秋白一生负病战斗，但是他在《多余的话》中，对于同疾病进行斗争的消极态度，比起萧楚女和鲁迅就显得逊色了。一个共产党人，是要有那么一股革命的浩然正气的。哀叹、愁苦、懊丧、悔恨，不是无产阶级战士的英雄本色，只能看作是没落的绅士阶级的深重烙痕。这是不足为训的。但是，对于瞿秋白对自己丧失信心的软弱表现，我们不应把它看作对整个革命事业丧失信心，更不应看作是"叛变革命"。

四

在阶级斗争的历史舞台上，每一个人的遭遇，都不是由其自身的主观臆想决定的，而是由历史发展的客观条件造成的。某些人一旦被推上领导岗位，就装腔作势，摆出一副天生领袖的样子，到头来总是身败名裂。在我们党的历史上，王明、张国焘都是这样的典型。瞿秋白恰恰相反：他从未想到自己会当领袖，甚至当了领袖还念念不忘去当文人。在当时的历史条件下，瞿秋白可以成为一个杰出的文艺理论家、批评家和作家，在这样的岗位上，他可以并且已经做出了非凡的成就。但是，瞿秋白却不是一个成熟的无产阶级的领袖人物。

瞿秋白作为一个未能脱净"没落的中国绅士阶级意识"的"平凡的文人"，从未想到要搞政治，甚至在搞政治时还对文学眷恋不已，却被伟大的革命潮流推上了无产阶级先锋队的领袖的位子，使他达到阶级斗争的惊涛骇浪的峰巅，又被更凶猛的浪头迅速地打下了深深的谷底。他的"左"倾盲动主义错误，使革命事业受到了损害，并且成为愈演愈厉的"左"倾机会主义路线的先导，而他自己则成为比他更"左"倾路线的推行者实行残酷斗争、无情打击的对象。本来，他的绅士阶级的劣习在革命斗争中是可以得到彻底改造，达到新的境界。但是，他的职业革命家的生涯几乎始终是在城市里度过的；他没有搞过工农运动，也没有搞过军事斗争，他的革命实践活动太少了。他长期从事上层领导工作，把他自身需要改造的那些积习、需要解决的那些矛盾、需要扫除的那些弱点，统统掩盖了，保存下来。他不仅始终拖着一个重病的身躯，而且始终拖着一个沉重的阶级的思想的包袱，蹒跚而行。于是，当他被敌人俘获，身居囚室，回首往事，他的没有得到彻底改造的绅士意识便强烈地表现出来。

《多余的话》集中地反映了瞿秋白思想中过多的灰暗、伤感、颓唐、消沉的情调。对于一个共产党人来说，毫无疑义这是应当严肃批评的。但是，我们不能把这看作是"叛变"，或是"晚节不终"。

在《多余的话》中，瞿秋白对自己给革命、给党所造成的损害，由衷地感到深深的歉意；他承认："我的幼稚的理论之中包含着怎样混杂和小资产阶级机会主义的成分"；承认他"在农民问题上的错误";承认自己"一点没有真实的知识";承认自己"确是一个最懦怯的'婆婆妈妈'的书生"。总之,他老实地承认自己不行,虚负了"党的领袖的声名"。他毫无顾忌,没有欺骗别人的意思。他把自己内心世界的一切和盘托出,留待身后的人们去品评是非功过。请问,这种严于解剖自己的行为,算是怎样的"叛变"呢?

瞿秋白在狱中所写的文字,除《多余的话》和一些旧体诗词,据说还有两封信和一篇"笔供"。

瞿秋白被俘后曾经以何其祥①化名两次写信给国民党军团长钟某请准开释。这是《逸经》杂志(民国二十六年七月,第34期)所载《关于瞿秋白之种种》一文中披露的。但是该文两次摘引何其祥信中词句并不一致。这两封信的可靠性是大可怀疑的。退一步讲,即使这两封信是真实的,其中写有自污之辞,也是应当根据具体情况给以具体分析的。瞿秋白当时身份没有被敌人发现,他写信的目的是为了欺骗敌人,以求迅速脱身。显而易见,这是在特殊情况下采取的不得已的迷惑敌人的方法。这与那种出卖灵魂、甘心事仇、投敌叛党的行径,是根本不同的。我们没有理由把何其祥的信说成是什么"污蔑"我党我军,向敌人"告饶"的"罪证"。

---

① 瞿秋白被俘时的化名,过去均误为林祺祥。宋希濂先生最近指出应为何其祥。特据以更正。

瞿秋白身份暴露后，曾经写有四千字左右的"笔供"。这也是上述《关于瞿秋白之种种》一文提到的。该文说："文长四千余字，首段叙在沪之生活状况，中段述刚到匪区之感想，末为匪区政治的设施，及其对伪政府之鼓吹，因而不便发表。"①鼓吹也者，积极宣传、热烈颂扬之谓也。这个"笔供"后来一直没有公布，也没有如该文提到的"陆续摘要在《逸经》发表"。虽然其中原委不甚清楚，但有一点可以肯定：国民党当局是了解"笔供"中"对伪政府之鼓吹"的分量的。正是这个原因，他们始终不敢公布这个"笔供"。可以认为，"笔供"对于苏区中央政府的宣传和颂扬，恰恰证明了何其祥信中的自污之辞，为的是欺骗敌人。这个"笔供"对于准确地判断瞿秋白被俘后的思想情况，全面地研究《多余的话》，应是一个重要的依据。那种说《多余的话》是"乞哀告怜""宛转求生""投降变节""出卖革命"等等诬陷之辞，不要说同瞿秋白高唱《国际歌》从容赴义时的情景毫无共同之处，而且与"笔供"中对苏区的热情宣传也是绝对不相符合的。瞿秋白的狱中文字和行动，既没有出卖组织，也没有出卖同志，他深情地向同志们告别说："永别了，亲爱的朋友们！"请问，这又是怎样的"叛变"，怎样的"晚节不

---

① 这句话，在1967年的某些"讨瞿"文章中竟被砍去最后两点，篡改为："在笔供中，他把自己在上海的情况，对苏区的看法以及苏区的政治、组织情况一五一十全部向敌人坦白了。"

终"呢？

至于瞿秋白狱中所写诗词，既有排遣消极情绪的一面，也有抒发革命精神的一面。"夜思千重恋旧游，他生未卜此生休""已忍伶俜十年事，心持半偈万缘空"，固然"哀婉凄其"，感伤低沉，甚至反映了他早年追求的佛家消极的出世的思想；而"花落知春残，一任风和雨，信是明年春再来，应有香如故"，虽无激昂慷慨的呼声，但从那里不是也看到了作者的革命情操和理想吗！

最近了解到，瞿秋白在写《多余的话》的同时，仍然用马克思主义学说尖锐地批判过孙中山的三民主义学说。他对蒋军第三十六师师长宋希濂、参谋长向贤矩说："孙中山的三民主义的革命是不彻底的，是一个大杂烩。"他对孙中山的革命三民主义尚且如此不客气，就更不要说他对蒋介石的假革命三民主义的态度了。据当时看管过瞿秋白的一个下级军官回忆：瞿秋白"说国民党是帝国主义统治中国的清道夫，蒋委员长是清道夫的头子"。瞿秋白身陷囹圄，敢于面对蒋介石的亲信将领，理直气壮地坚持马克思主义，贬斥三民主义，痛骂蒋介石及其主子，那是何等无畏的革命气节！有的同志问得好：世界上找得出这样的"叛徒"吗？

"马克思主义的最本质的东西、马克思主义的活的灵魂：

具体地分析具体的情况。"①林彪、"四人帮"对于历史和现实人物的评价，不是全盘否定，就是全盘肯定。这种唯心主义和形而上学的流毒是极其严重的。一切真正的革命者，一切正直的学术工作者，都应当坚决抵制这种貌似马列主义，实则假马列主义的赝品。既要打破那种依恃权势、指鹿为马的霸道作风，又要反对那种信奉"两个凡是"，只看权力、等级，不敢坚持真理的奴才心理。要端正党风，端正学风，回到"具体地分析具体的情况"这个马列主义的基本出发点，历史地、科学地、实事求是地分析一切现实和历史的重大事件、重要人物。

（原载《历史研究》1979年第3期）

---

① 列宁：《共产主义》。